乡村书系列二 /

新疆美术摄影出版社
新疆电子音像出版社

孤单的花朵

尉克冰 著

图书在版编目（CIP）数据

孤单的花朵 / 尉克冰著. -- 乌鲁木齐：新疆美术
摄影出版社：新疆电子音像出版社, 2012.4
ISBN 978-7-5469-2291-1

Ⅰ.①孤… Ⅱ.①尉… Ⅲ.①散文集–中国–当代
Ⅳ.①I267

中国版本图书馆 CIP 数据核字(2012)第 063946 号

责任编辑　武夫安
插　　图　轩辕文慧
封面设计　王　芬

孤单的花朵

著　　者　尉克冰
出　　版　新疆美术摄影出版社
　　　　　新疆电子音像出版社
地　　址　乌鲁木齐市经济技术开发区科技园路 7 号
邮　　编　830011
制　　作　乌鲁木齐标杆集书刊设计有限公司
发　　行　新华书店
印　　刷　北京德富泰印务有限公司
开　　本　787 mm × 1092 mm　　1/16
印　　张　9.25
字　　数　90 千字
版　　次　2012 年 5 月第 1 版
印　　次　2012 年 5 月第 1 次印刷
书　　号　ISBN 978-7-5469-2291-1
定　　价　22.00 元

目　录

紫藤花开

春天来了，树枝吐绿了，柔润，舒展。花儿们赶趟似的竞相开放，拥挤，热闹。可园子里的紫藤花架上还是一片沉寂，没有一丝生机，似乎连鸟儿都不愿意光顾它。

我走近那架老藤。它扭着灰褐色的身躯攀爬在花架上，苍老而粗粝。它被凌厉的寒冬侵蚀得黯淡，皲裂，枝干没有一寸肌肤是完好无损的，有的几乎要剥落掉。花架顶上错综的枝条，是它的蓬头垢发，风一吹，更显得干枯凌乱。

整整一个冬天几乎没有雪。好不容易盼来了春天，可它也十分吝啬雨水，土地饥渴得张大了嘴巴，难受地喘着气。紫藤就生长在这样的园子里。

它不会是死了吧，我总是这样猜测着。我用手掐了下它的枝尖，"咔吧"一下就断了，干黄，粗糙，里面没有一点水分，看不到任何生命的迹象。每次我路过园子的时候，就会向它投去怜惜的一瞥，不忍心多看一眼。

春光易逝，花落无声。轰轰烈烈开过之后，花儿们渐渐地凋谢了各自的容颜，一抹抹灿黄，一片片绯红，一瓣瓣雪白都湮没在春天的匆匆脚步声里。

当我又一次经过紫藤花架时，不由得怔住了。看，是谁在它身体上画出几片绿叶？

挂了一串又一串的"绒毛虫"？那几片叶子里淌着怎样的绿啊，明媚得逼人眼，温润得沁人心脾。每片叶子分成五小片，像花一样绽放在枝头，像手一样抚摸着母亲苍老温暖的身体。一串串的"绒毛虫"，是春风写在紫藤花架上的诗行？是包裹着美丽生命的魔法布？用不了几天，那"绒毛虫"里便会毕毕剥剥地飞出一群紫色的蝴蝶来。

不几日，紫藤架上的"绒毛虫"越来越多。起初，从"绒毛虫"里钻出的是一串紫色的花蕾，形状像豆花，似弯弯的月亮。两三天后，花蕾便伸展了羽翼，化成翩跹的紫蝶。这时候你再看吧，紫藤架上叶子更多更绿了，花已密集成了一串串，一团团，一簇簇，远远望去，似翠绿的浪花中升腾起淡紫色的云霞，典雅而清丽。微风过处，芳香四溢。

这时的花架已经完全被花和叶子覆盖了，几缕阳光调皮地从枝叶间挤进来，跳跃在花瓣上，演奏出一首明丽的春日乐曲。我站在花架下，聆听着花开的声音。是的，花开是有声音的。时而如管弦，发出丝丝的细碎声；时而似泉水，流泻出叮咚的清脆声；时而如瀑布，爆发出訇訇的宣响。每一小朵花都有一张笑脸，仰望着蓝天；每一小朵花都有一个嘴巴，甜甜地微笑；每一小朵花都有一双翅膀，在风中飞翔。不仅是单朵的花，每一串花，每一团花也如此，都呈现出一种飞翔的姿态，飞翔在属于它们自己的天空中。紫藤的美，便是美在它的姿态上。它恬静优雅，从容内敛；它美而不媚，秀而不娇；它昂扬而不张扬，灿烂而不浮华；它不与百花争宠，不与同类比艳。正是因了这份特质，它才更有韵致，更具风情。

土壤依然干旱，枝干依然枯老。紫藤没有生长在花柳繁华地，也没有生长在温柔富贵乡。就在这片贫瘠的土地里，在这仲春时节里，竟孕育出蓬蓬勃勃的满树花香，满眼碧绿。我抚摸着那粗粝的枝干，那里面沉积着多少生活的磨难和艰辛，又承载着多少憧憬与梦想。每一次春天的萌动，都要走过冰冻尘封的冬日；每一朵花开，都会伴随着成长的疼痛，需要奋力剥开生命的躯壳。它们懂得这些，所以，才会把苦难当作养料，把考验当成磨砺，将梦想开成精致的花朵。

时至暮春，紫藤花已谢。花架上浓密的叶子，呈送给人们一片清凉的绿阴。我捡拾起零落在地上枯萎的花朵，它早已失去了往日的丰姿。令我惊奇的是，它依然展开翅膀，呈现出凌空飞翔的姿态……

千年孤独白玉兰

玉兰花开得真早,春一到,冷不丁的就挂满了枝头。那满树的花朵,定是无瑕的白玉琢刻而成,又似在牛奶中沐浴了一般,细腻光滑,莹润饱满。每一朵花都像一只羽翼丰满的鸟儿,站在枝头,迎风歌唱。看,那一树的花朵,挨挨挤挤,热热闹闹,一抹抹亮白,焕发了整个春天。玉兰开得圣洁、高贵、典雅、飘逸,如妙龄的少妇,从身体里自然透出无限风韵和魅力。

可是,从那满树的繁华热闹中,我读到了玉兰内心深处的落寞。短短的几日花开,没有一片叶子陪伴。当繁花落尽的时候,叶子才懒洋洋地冒出头。花与叶子,注定了彼此错过,它们就在这相互等待寻觅中,度过了一生。

在我看来,玉兰的本质是美与孤独的化身,从她清凉的眼神里,我读到高处不胜寒的寂寞。凝望着一朵朵玉兰,里面映照出一张张古美人的笑靥,难道是她们穿越了历史的烟尘,把沉淀了上千年的凄美孤独,把浓得化不开的爱恨情愁,变成了摇曳生姿的白玉兰!

"风住尘香花已尽,日晚倦梳头。物是人非事事休,欲语泪先流。闻说双溪春尚好,也拟泛轻舟。只恐双溪舴艋舟,载不动,许多愁。"清瘦俊美的李清照,一颗孤独的心承载着无尽的寂寞。在乍暖还寒的夜晚,她感喟落花满地的悲凉;在清凉初透的半夜,她让愁绪化成一片浓云;在西风卷帘的黄昏,她哀伤着人比黄花瘦。只要天上飘着那如烟如梦的细雨,只要地上飞舞着凌乱干枯的黄叶,她就会斜倚着窗儿望眼欲穿,就会弹奏出凄美幽怨的曲调,让惆怅化成隽永绝妙的文字,一次又一次凄凄惨惨戚戚地走向孤独之巅,醉饮人生的苦酒,执着地寻觅着遥不可及的爱情。那黄昏的点点细雨,哪里是滴在梧桐树上,分明就是滴在她那颗痛楚的心上。早春时节,难以将息的夜晚,她凝望着院子里那株玉兰树在风雨中孤立飘摇的身影,仿佛照见了自己薄凉的命运。在金人铁蹄下,在滚滚狼烟里,和爱人异地相守,她花自飘零水自流一样地颠沛流离,却一刻也没有停止过金石研究和诗词创作,把满腔的寂寞和忧郁结成累累的文学硕果。她不能像岳飞那样驰骋沙场,也不能像辛弃疾那样上朝议事,甚至不能像陆游那样与政界和文坛的朋友,痛快地使酒骂座、针砭时弊。然而这个寂寞的女子,以非凡的才华成就了自己辉煌的人生。她如亭亭清雅的白玉兰,孤傲地独立在大宋王朝那灰暗的天庭之上,永远绽放着夺目的光芒,一本《漱玉词》千古传诵。她甚至有着大丈夫般的志气和胸怀,"生当作人杰,死亦为鬼雄。至今思项羽,不肯过江东。"人们永远赞扬她、怀念她——这个立于秋风黄叶间寻寻觅觅、孤高清雅的千古第一才女!

风儿飒飒,吹得玉兰花如风铃般摇曳。我从那声响中依稀听到了千年琵琶的铮铮幽咽声,那声音不绝如缕,如怨如慕,如泣如诉。

又是落叶迷径,秋虫哀鸣的深秋季节,冷雨敲窗,孤灯寒衾,最易惹人遐思。王昭君想起西陵峡中的江水,更想起一家人欢乐团聚的时光,愁思如麻。她信手拿过琵琶,边弹边哼,唱不尽的是乡愁。两行晶莹的泪珠便挂在了她那玉兰般精致白皙的脸庞上。"分明怨恨曲中论"、"公主琵琶幽怨多"。深深的庭院,明眸的宫女,沉寂的粉蝶,慵懒的梳妆。王昭君,寂寞中只剩下满腔愁绪,一把琵琶,两弯娥眉。那颗纯洁透明的心从不被世俗污染,面对卑鄙狡黠的画师,她抬起高傲的头,永远不齿不屑。在关键的历史时刻,她毅然决然迈出宫门,她背对长安义无反顾。城门外,留下她那高

孤单的花朵

贵纤长的身影。为了两国永久的安宁，她勇敢地面对异域的清冷与无助。想到戍边战士们的浴血奋战，想到不幸的父兄沙场喋血，一幕又一幕，紧紧牵动着王昭君的心。为了结束这一切，她甘愿寂寞无助一辈子！为了大汉的江山社稷，她忍受了先嫁单于后嫁其子的"屈辱"。"何如一曲琵琶好，鸣镝无声五十年。"她的华丽转身，使得大汉王朝安定了半个世纪。"边城晏闭，牛马布野，三世无犬吠之警，黎庶忘干戈之役"，她的勇气智慧，使得匈奴展现出欣欣向荣的和平景象。她带着中原的文化，带着大汉的友好，所到之处，无不春暖花开，把玉兰般的芳香美好传播到北方大漠的角角落落。她用一个人的孤独，换取了整个匈奴以及中原人民的幸福生活。她用一生的清冷，让一个太平盛世在那一片不宁静的天空中漫延开来。"一去紫台连朔漠，独留青冢向黄昏。"一颗寂寞孤独的心，一个名垂千古的伟大女性！

一片莹白的玉兰花瓣，落在了我的头上，将我从两千年前缥缈久远的历史风烟中叫回到真实可触的现实里。我仰望那高高的玉兰树，这时从上面又落下一片花瓣来，轻飘飞扬，舞姿优雅，在空中划出一道优美的弧线，像极了杨玉环曼妙的霓裳羽衣舞，那陨落的玉瓣莫不是贵妃年轻的生命？

"后宫佳丽三千人，三千宠爱于一身"，"回眸一笑百媚生，六宫粉黛无颜色"，美艳绝伦、能歌善舞的杨玉环，生前得到皇帝的百般宠爱，"一骑红尘妃子笑，无人知是荔枝来"，她享尽了荣华富贵，过着幸福美满的生活。"春寒赐浴华清池，温泉水滑洗凝脂"，她沐浴后的冰肌雪肤犹如白玉兰，丰腴柔滑的胴体，散发着迷人的芳香。一张可人的笑靥，一袭柔曼的白纱，一曲华美的舞蹈，征服了风流倜傥的真龙天子。他们爱得如痴如醉，如漆似胶，几乎成了亘古不变的爱情神话。然而，天有不测风云。君不见，马嵬坡上，天子赐三尺白绫，恩断义绝，丰腴玉体尚温存即被三尺黄土掩埋。面对皇权和美人的抉择，唐玄宗放弃了后者，让千古传颂的爱情大打折扣。又有谁愿意像她那样辉煌之后留下永远的寂寞？年仅38岁的杨玉环被一条白练绞死在荒凉的原野。为了心爱的人，她从容地面对死亡。没有棺木，没有坟墓，没有葬礼，她就这样，赤条条地被掩埋在一岭荒丘之中。从此，她再也听不到人间的浮华热闹，再也感受不到虚假的世态人情，再也看不到潜藏在皇权周围的杀机重重。这个世界只剩下一具痴情女子的冰冷尸体，如凋零的豪无生机的玉兰花瓣孤独地平躺在荒山野岭之间。"天长地久有时尽，此恨绵绵无绝期"，一颗被埋没了的永远寂寞的心，化成悲凉的草木留在了马嵬坡的阴风怒号中。一个风华绝代、聪颖单纯的曼妙女子，就这样成了封建政治斗争的牺牲品，永远留在了人们的叹惋和记忆中……

三位具有传奇色彩的古代女子，内外兼修，精致得近乎完美，她们就是美和爱的化身，赢得了无数后人的尊崇。然而，悲凉的命运却笼罩着她们，几乎应验了所谓的"红颜薄命"。动荡不安的社会时局、封建统治阶级的利益纷争、男权社会的男尊女卑是她们悲剧的根源。她们没有生活在自由平等的国度里，没有扎根在民主和平的土壤中。才华卓著的李清照满腹经纶、满腔热血，只能做得流离失所、清苦一生的民间词人；美若天仙的王昭君被大汉王朝当作赢得天下太平的交换物；能歌善舞的杨玉环艺术才华卓著，太平盛世里是皇上的私宠，时局动荡时是政治斗争的殉葬品。物是人非，她们的孤寂无人能懂。即使这样，她们也不曾沉沦，也要把自己的人生在苦涩中演绎得辉煌灿烂。红尘滚滚去，往事越千年。三位美好的女子，早已湮没在历史风烟中。可是，她们孤独凄美的形象却永远留在世人的记忆里。她们的身姿和灵魂早已化作馨香高洁的白玉兰，绽放了上千年，依然散发着亘古不变的光芒和魅力……

黄昏时分，我伫立在玉兰树旁。每一条瘦长的枝干都指向高空，把冰莹的花朵高高擎起，沐浴在金红色霞光中，似一尊容颜不改的雕塑。

女人如花

清风中到处弥漫着馥郁的花香,寻香而去,园中各色的牡丹已竞相开放,向人们展示着它们妖娆多姿、富丽堂皇的美。李白有诗《清平调词》:"名花倾国两相欢,常得君王带笑看。解释春风无限恨,沉香亭北倚栏干。"描写的就是牡丹的娇艳多姿,雍容大方,深得帝王的青睐。"娇含嫩脸春妆薄,红蘸香绡艳色轻。早晚有人天上去,寄他将赠董双成。"这首唐诗描写的也是牡丹的艳丽妖娆。"庭前芍药妖无格,池上芙蕖净少情。惟有牡丹真国色,花开时节动京城。"刘禹锡用对比的手法写出了牡丹花的艳美多情。

牡丹的尊贵之气令人叹为观止。你看那花朵大如玉盘,缤纷绚丽,流光溢彩,风姿绰约,无一不牵动着你的视觉,震撼着你的心灵。在绿叶的映衬下,殷红的炽烈奔放,粉红的娇柔秀美,紫色的华贵雍容,黄色的灵秀俊逸……各色的花朵犹如一个个跳动的音符,奏出和谐悦耳的旋律,久久地飘来荡去,扣开了我的心扉,拨动了我的心弦。

静静地漫步牡丹园中,天空碧蓝,偶尔一片白云慵懒闲散地划过头顶,似乎也在赞叹着这人间的奇葩。欣赏着娇艳的牡丹,听着蜜蜂的和鸣,闻着馨香的气息,体验着它们带来的视觉、听觉和嗅觉上的综合享受,我痴迷了,陶醉了。张开嘴巴,让那恣肆的花香沿着呼吸道一直沁入我的肺腑,久久留驻心田,那种享受是难以用语言形容的,片刻的休憩,只觉得灵魂得到了荡涤。此时我忘记了我是谁,我的灵魂早已和牡丹融为了一体,哪怕只做一片绿叶而或花下的一片黄土。

各色的牡丹争奇斗妍,娇艳多姿,我不由得想到了"女人如花"的比喻,暗暗佩服第一个想到用到这个比喻的人。我想这一定是个真正懂得女人的人,一个细腻感性的人,更是一个用心生活的人,因为他真正懂得世间的美。是的,大自然因为有花的绽放才更加绚烂多彩;世间因为有女人的融入才更加精彩美丽。在这一点上,女人和花同等重要。花有花的美,女人有女人的魅力;花有千差万别,女人有风情万种;一种花代表着一种女人,一种女人影射着一种花;不同的花彰显出不同女人的气质,不同女人的品性代表着不同的花。单看这牡丹园中的花朵,就仿佛看到了世间各色的女人。有的女人衣着华贵,气质雍容,如同富丽妖娆的紫牡丹;有的女人性格开朗,热情奔放,如同绚丽大方的红牡丹;有的女人娴静文雅,秀外慧中,如同清丽淡雅的黄牡丹;有的女人娇嗔多情,柔媚可人,如同细腻温柔的粉牡丹;有的女人气质脱俗,清新婉约,如同冰清玉洁的白牡丹……

在这些牡丹中,我最钟情的要属白牡丹了。它静静地开放在园中一隅,只有那么一两株。五六朵莹白如冰雪的花朵缀在绿色的枝头,迎着风轻轻摇曳。花朵底层的花瓣完全舒展身姿,尽情绽放,上面的一层花瓣微微翘起,半开半合,袅娜羞涩,黄色的花蕊和鲜红的花心为蝴蝶和蜜蜂搭起了绚丽的舞台,与洁白晶莹的花瓣浓淡相宜、相映成趣。我端详着这世间尤物,久久伫立在花前,不肯离去。这是一种怎样的美啊,我挖空心思寻找词汇,"倾国倾城、国色天香",用之太媚;"天生丽质、冰清玉洁",用之略俗;"仪态万方,温文尔雅"用之稍淡,我找不到合适的词语来形容她惊世骇俗的美。我想她一定是不食人间烟火的仙子降落凡间,才生得如此脱俗婉约,美得让人心悸。她不着华衣,却气质高雅;她不施粉黛,却千娇百媚;她无心争宠,却引人爱怜;她不卑不亢,却风情万种。她遗世独立,却不孤芳自赏;她素雅清新,却不小家碧玉;她满腹经纶,却不呆板冷硬;她闲适从容,却不慵懒怠惰。这是怎样一种花,又是怎样一种女人!

从花看女人,从女人看花。没有永不凋零的花,也没有青春永驻的女人。花儿虽会凋零,但她为了这短暂的盛开,默默地等待了三百多个日日夜夜,她为了开得更加绚烂动人,不断吸天地之灵气,吮日月之精华,为了这一天的到来,她做出了不懈的努力,蕴蓄了无限的力量,这是真正的厚积薄发。因此,当凋零之时,她不会伤心,不会落泪,因为她已经把美尽情地展现给了人间,她的芬芳美丽早已化成了永恒,留在了人们的心海里。女人总会衰老,徒有其表、浅薄浮华的女人只会得一时之乐;内外兼修、气质高雅的女人才能经得起时间的考验,才能真正成为散发着恒久魅力的女人,如同历久弥香的白牡丹。

花儿也害怕孤单

昨天,我去了同事的办公室,明媚的阳光洒满了一地,窗台上几盆长得十分旺盛的吊兰和海棠更使整间屋子充满了朝气和生机,冬天里的绿意的确弥足珍贵。我不禁发出了赞叹:好美啊!同事看出我对这些精灵们的喜爱,就很慷慨地对我说:"喜欢就送你一盆吊兰,搬走吧。"我表达了谢意,满心欢喜地把它搬到了我的办公室。

办公室窗台上有了这盆吊兰,一下子不显得单调突兀了,小小的它,竟然使我这间简陋的办公室增添了意想不到的魅力。那诱人的绿啊,像盈润温婉的碧玉在叶间流泻,那样的透亮、明晰。我抚着那丝滑而又质感的叶片,好想让它那抹绿色的荧光揉碎在我的眼波里。也许是我这房间太过简陋,除了办公用品和用具,便无丝毫的装饰,于是,这素雅、清秀的兰草就成了我这屋子的尊贵客人,有了它,就蓬荜生辉了,我如获至宝。

今天,一上班,第一件事情就是给吊兰浇水,我是那样的小心翼翼,恐怕水浇多了,又担心不够。之后,忙了一阵子工作。等闲了下来,我又开始端详那盆花。可是,蓦然地,我敏感地觉察到,它失去了原来的旺盛,显得那样黯然神伤,昨日里那伸展挺拔的叶子,今天突然变得有些垂头丧气,有几片叶子的末梢竟然微微发黄了。为什么,为什么? 我心里充满了疑惑,只过了一个晚上,怎么会有如此大的变化? 突然,我察觉到,它孤单地流泪了,那眼泪滴滴滑出叶片,失去了昨日的风姿。我仿佛听到了它伤心的在抽泣,那声音哀婉凄切,令人顿生悲悯之心。我又仿佛听到了它愤怒的抗议:为什么让我离开亲人和伙伴,独自冷清地待在这里?

是的,我重新审视了一下整个屋子:写字台与椅子为伍,橱柜以单人床为伴,只有那吊兰是孤独的,它兀自站在窗台上,没有朋友,没有伙伴,没有亲人,难怪它会孤单地流泪。此时,我感受不到它能装点房间,会带来什么盎然的生意。相反,我看到的是一个孤独的灵魂在声嘶力竭地挣扎,那一瞬间,我听到了它心落地而碎的声音。是的,它的确没有带来美丽,带来的反而是一种不和谐,一种令人心痛的感伤!

我猛地清醒:原来,个体的美和价值一定要在集体中才能得到淋漓尽致的展现和发挥!

雁阵从天而过,让人感受到的是壮观,而一只孤雁给人留下的只能是凄凉;大海巨浪翻腾,让人感受到的是磅礴,而一滴海水很快就会被太阳吞没。

昨天,我看到的那些花草,正因为它们是团结的一体,才显得那样繁盛热闹、朝气蓬勃。离开了那个大家庭,再美丽的花儿也会显得单调和乏味。它们正是因为有了朋友,有了亲人,才会有美丽,有快乐,有希望。同样,一个人只能构成生命,两个或者更多人就构成了希望,构成了足以托起生命的无穷力量!

草原上盛开着格桑花

在甘南迭部县扎尕那的东哇村，那星星点点开着的黄色小花如同少女头上素雅的装饰，把草原打扮得愈发妩媚俊俏了。

我仔细端详着开在草丛中的小花，纤细的花茎，翠绿的叶子，娇小的花瓣，玲珑柔弱，楚楚动人。你瞧，在微风的轻拂下，她扭动着细腰，扬着小脸，朝我们微笑着。我突然想起，昨夜不是刚刚下过一场大雨吗？瞧，那雨点还残留在她的笑涡里。可是，为什么她们没有凋零黯淡，反而开得更加旺盛，更加璀璨了？我不知道这样一个小小的身躯如何抵制那肆虐的狂风和骄蛮的暴雨？她们需要付出怎样的勇气和智慧才能完成一次又一次的生命抗争？

我想，每当遇到灾难时，她们一定是头靠着头，手挽着手，肩并着肩，紧紧拥抱在一起。于是，就组成了一堵铜墙铁壁，就抱成了一座森严壁垒。哦，她们一定就是传说中的格桑花。我以前听说过这种花，她无固定的品种和花色，只要是叫不上名字的小野花，都可以称为格桑花。她遍布在高原上，风愈狂，身愈挺；雨愈打，叶愈翠；太阳愈暴晒，她就开得愈加灿烂。

她是寄托了藏族人们期盼幸福吉祥的格桑花，她是让我充满无限敬意的神花。我俯下身子，轻轻亲吻着那小小的花瓣，她的笑涡里盛满了太阳的七色光。

一头小牛犊也俯下了身子，你也在亲吻格桑花吗？它在向我靠近！它伸出了湿漉漉的舌头，亲吻我的腿，我的脚！我注视着它，它也用那双水汪汪的大眼睛看着我。哦，对我这个远方的来客，它肯定是欢迎的，喜爱的！要不，为何会对我如此亲昵呢？我拍了拍它的头，它朝我"哞哞"地叫了两声，那样子真是可爱顽皮呢。

远处一头老黄牛朝这边跑来了，它似乎正大口大口喘着气，眼睛一直盯着小牛，目光里充满了焦急和慈爱，它"哞哞"地朝向这边呼唤。那一定是小牛的妈妈了，它好像在说，"小鬼，你自己乱走，害妈妈找得好苦！"小牛看到了妈妈，撒开腿就跑，一直跑到妈妈的怀里撒着娇。老牛怜爱地垂下头，蹭了蹭小牛的下巴，伸出舌头轻轻舔着那张可爱的小脸。而后，它们就互相依偎着离开了。

我一直目送着那对幸福的母子，直至它们化成两朵小小的格桑花，渐渐消逝在我的视线中……

慵懒的太阳躲进厚厚的云层，将它的光分成无数条射线，洒进扎尕那巨型"石匣子"的角角落落，给这里的山，石，溪，树，榻板房全都镀上了淡淡的金边。我静静地躺在温热的草地上，看着掠过云际的飞鸟，听着古老水磨的飞旋声，沁着花草的清香，让灵魂自由地飞翔。就这样，蜷伏在草尖上，我甘愿做一只羊，一匹马，而或一朵小小的格桑花。

这时，一个脸上长满高原红，身穿褐色藏袍的中年妇女从我身旁走过。她背上驮着一座"山"，一个大得出奇的筐子里装满了蕨菜，上面又摞着一条被撑得几乎要爆破的编织袋，里面也装着蕨菜。那筐子上的背带深深地勒进女人并不宽厚的肩头。而筐子下面，有一双稚嫩的小手。那小手在拼命地托举着筐子，试图把筐子托得高些，再高些。可是，那筐子太重了，而那双手又太小了，他几乎用不上力！那是一个只有六七岁的小男孩，他跟在妈妈的身后，看着被"大山"压弯了腰的妈妈，他太心疼了，他想要帮妈妈分担呀！

那些蕨菜是他们从附近的大山上采的，蕨菜是他们日常生活中最鲜美的青菜之一，也是他们招待客人的一道美味佳肴。这么多的蕨菜，是他母子俩用了多长时间采到的？他们走了多少山路，踏了多少露珠，披了多少寒光，洒了多少汗水，才能有这般殷实的收获？那双肩得有怎样的力量，才能扛起这座"山"啊！

对于我们这些长期生活在平原上的人来说，置身这海拔四千米的高度，轻装走路还可以，慢跑几步就会感觉心慌胸闷，上气不接下气。如若让我背起那座"山"，简直就是一个神话，一个天方夜谭！而这神话，在我眼前这个普通的藏族女人身上就是一个活生生的现实，也是一门生存的必修课！那是多少次的背负，多少次的扛起，多少次的磨砺才能达到的啊！

而我当时看到，那藏族女人的神色始终那样安然，她不时回头看看乖儿子，用藏语跟儿子说着什么。我听不懂藏语，可我能从她的表情和动作推测出，她是让儿子放开托着筐子的小手，轻松走路。可是孩子总是一次又一次地拒绝着。我永远忘不了她那安然的神色和嘴角漾着的那丝幸福温暖的笑意。充盈在她双眸里的是悠远的湛蓝和丰润的草绿。她或许觉得自己背负的根本不是重担而是收获的喜悦。

刚到扎尕那的时候，我就吃到了蕨菜，当时我品尝到的只是它独特的鲜美，而当我看到那一幕的时候，回味的却是蕴藏在鲜美中的苦涩和辛酸，感动的是辛酸中流淌出的恬静与幸福。两串叠加交织在一起的大脚印和小脚印没有印在草地上，却永远地印在我的脑海中。

格桑花，在草丛中眨着眼睛，我们的眼神相遇了……

我抬头仰望那澄澈的蓝天和蓝天上流动的云朵，仰望那远处云雾缭绕的峻岭雪山以及近处高耸挺拔的峭峰巉岩。草原，牧场，帐篷，丛林，牛羊，藏民。他们一同生活在这样一片天地之间。在这里，大自然毫无保留地恩赐她那与世隔绝的动人心魄的大美，也会毫不留情地袒露她那令人敬畏的不适宜生存的冷酷。

因此，这些高原上的生命是耐人寻味的。

你看，这里的一草一木，一牛一羊，在广袤的草原和峻拔的山岭之间显得多么渺小，渺小到几乎可以被忽略掉。人的个体生命在苍茫浩瀚和艰难困苦中也显得如此脆弱。生于斯长于斯的每个生命似乎早就参悟到这一点。然而，他们从来都没有忽略过自己，从来都没有藐视过自己。每一个小小的生命都意识到一个完整的"自我"存在。因此，从他们降生到这片土地的那一刻，就注定了要倾尽全力将所有的生命能量勃发出来，用感恩的心去对待每一个生灵，用无限的博爱构筑共同托起生命的无穷力量。因此，他们总是以聚集的生命形式将彼此连缀在一起，将幸福编织在一起。

虔诚的宗教信仰，使他们把爱和敬献送给每一个流动着音符的生命。他们爱大草原，爱亲人，爱朋友，爱自己，也爱每个陌生人。那一杯杯醇香的青稞酒，一条条洁白的哈达，一碗碗滚烫的酥油茶，一张张质朴的笑脸，一首首婉转的敬酒歌，一声声真诚的扎西得勒，是献给远方来客的珍贵礼物。他们的眼睛是那样清澈透亮，那样充满友善。他们没有虚伪，没有狡诈，没有欺骗，没有掩饰，没有矫情，没有猜忌，有的是满腔热忱和满怀真情。

大自然绝美和冷酷的双重极端赐予这里的生命双重性格。他们有百转柔情，也有粗犷豪放；他们有欢歌笑语，也有坚毅忍耐。

他们是游牧民族。艰难的游牧生活，高寒、缺氧等严酷的地理条件迫使他们必须具备超出普通人性的极端忍耐和毅力，强烈的生存欲念使他们变得通达、直率而强韧！这恐怕也正是这个民族生生不息的缘由。

我终于明白格桑花为什么会在风雨之后开得如此丰盈动人了。因为她根本就不是普通的花，她是浇灌着藏民智慧、勇气、坚韧、乐观和希冀的神花，她是整个藏民族品格的象征！

化不成云烟的家国往事

（一）

　　我的曾祖父叫尉迟章。在我记忆里,他是个会唱戏、会糊纸人、会写一手漂亮毛笔字,习惯穿粗布衣裤的农村白胡子老头。他的胡须又长又密,如同老树发达的根须。

　　在他那不足十平方米的小屋里,墙上挂的,地上摆的,全都是花花绿绿的纸人、纸马和纸楼,那是专门糊给亡者享用的,为了使他们在阴间的生活更加丰足。送葬那天,亡者的家属会把它们一一烧在坟头。曾祖父心灵手巧,是个远近闻名的糊纸人能手,四里八乡的人只要是家里有了白事,都来找他糊纸人。他是有求必应,而且分文不取。

　　在小小孩童的眼里,曾祖父那双长满硬茧的大手好像会变戏法一样,秫秸秆儿、电光纸、毛头纸经过他的画、裁、剪、搭、粘、连一系列麻利娴熟的动作,很快就能变成一个个栩栩如生、形象饱满的纸人,这些纸人全是穿着鲜艳的童男童女,脸上挂着甜甜的笑容，或许他们并不知道自己将要被燃烧的命运。

那时候，我只有五六岁，只要一回老家，就会钻进曾祖父的小屋，趴在那斑驳的磨掉了油漆的八仙桌的一角，瞪大眼睛欣赏着琳琅满目的艺术品和曾祖父制作纸人的过程。有一次，望着那可爱精巧的小纸人，我吵着曾祖父要拿来玩，可没想到的是，一向疼我爱我的曾祖父脸上立刻阴云密布，"这个不能玩儿，不吉利！"他的吼声如雷，吓得我顿时号啕大哭。自知失口的曾祖父又很快将我抱在怀里，用他那双带着硬茧的手替我把眼泪擦干："乖孩子，纸人真的不能玩儿，老爷爷给你做个花风车好不好？"我立刻就破涕为笑，全然不会注意到他老人家那昏花的眼睛里噙满的泪水。

儿时的我，真的不懂那背后到底隐藏着什么，我不知道为什么一提到要纸人的时候，曾祖父会那样大动肝火，甚至还会伤心。只是从此以后，我就再也不敢吵闹着要纸人了，只默默地惋惜着那些逼真可爱的纸人刚来到世上就会遭遇被大火吞噬掉的命运。这或许是善良的孩子最天真的想法。

直到后来，才知道其中缘由。

曾祖父还有个儿子，叫尉新泉，是爷爷的弟弟，我该称他二爷。1947 年 10 月，二爷参了军，当时他只有 16 岁。17 岁的时候，就凋落了年轻的生命，牺牲在了解放山西临汾的战役中。

因为曾祖母总是固执地认为，二爷的死跟他小时候偷偷玩过纸人有关。这种观点或多或少影响到曾祖父。

"泉儿最聪明，最伶俐，可他咋就恁命短呢？这打仗的也有活下来的，他咋就一去不回了呢？该不会是因为小时候偷玩儿了纸人不吉利？这是给死人做的东西呀，你个小孩子咋能玩？多好的孩子啊，说没就没了……"这是二爷刚牺牲的时候，曾祖母边站在村西口边张望边念叨的最多的几句话。

自那以后，曾祖父依旧热心地为乡亲们糊纸人，可他会把那间小屋牢牢锁住，不给任何孩子去触碰那些纸人的机会。

（二）

62年前，曾祖父把我二爷送上了战场。

入冬了，夜来得很早。天上飘着细碎的雪粒，卷在北风中乱舞着，洒落在街道上、房屋上和院落里。从邻居家的厩棚里不时传出骡子的嘶鸣声，或许是它饿了，或许是它感觉到冬的寒冷了。

北屋的煤油灯散发出淡淡的微弱的光，透过窗格上泛黄的毛纸，使得小小的院落并不显得那么黢黑。

曾祖父和曾祖母，盘坐在北屋的土炕上。屋内静得甚至能听得到豆大的火苗扑簌簌跳动的声响。他们相对无语，连呼吸似乎都是凝滞的，沉寂之外还是沉寂。

许久，曾祖父先开了口，"孩儿他娘，这次征兵征的是咱家老大，可我想好了，咱得让老二去！"他把声音压得很低。

"泉儿虽然娶了媳妇，可他毕竟还小，他才16啊，还是个孩子……"曾祖母眼里顿时淌出了泪水，她开始哽咽着，啜泣着。

"16岁，不小啦！咱泉儿是个好孩子，我刚问过他，这也是他的意思，他决定啦，要替他哥去从军。"

"可这兵荒马乱的，战场上枪炮不长眼，泉儿要是有个好歹……"她哽咽住了，"他可是你唯一的亲骨肉，是咱的独根呀……"曾祖母再也控制不住自己的感情，早就泣不成声了。

"可是，咱从你姐手里把孩子接过来，就得让这孩子好好活着。海儿去了，要是有个好歹，咱咋跟姐交代？做人要对得起良心！"尽管他依然将声音压得很低，却显得很激动，说话的时候声音是颤抖的。

曾祖母默默无语了，只是流着泪。

"手心手背都是肉啊，俩孩子都是咱养大的，咱都疼。海儿憨厚，打仗斗的是智和勇,泉儿机灵,杀敌肯定是把好手,活着回来的希望也会大些……"曾祖父的眼圈红了,他使劲儿控制着眼眶里的泪水,尽可能不让它淌出来。

这一切被恰好走到屋门口的爷爷听得清清楚楚,真真切切。泪水早就扑簌扑簌地往下落。

二十年来,他从来没有觉察出他是爹娘的养子。他时时刻刻都能体会到这个虽然贫穷但却充满幸福的家庭给予他的关怀和温暖。小时候,和弟弟拌嘴,爹总是责怪弟弟不懂事;发烧的时候,娘总是把热乎乎的汤端到自己跟前,一勺一勺地喂到嘴里;一次,到镇上去赶集,突然下起了大雨,爹打着油纸伞,深一脚浅一脚地趟着泥水走了八里路,到处喊着海儿,海儿……

这一幕又一幕,他怎能忘记? 整整一夜,他难以入眠。尽管他憨厚木讷,对战争有着难以言说的恐惧,但他知道,他该怎么做。

第二天,天刚蒙蒙亮,他就跪在爹娘面前,坚决要求自己去应征。

可几天以后,穿上军装的依然是他弟弟。弟弟死活坚持,况且父命如山,他拗不过。

那是个月白风清的夜晚。一轮皓月高悬于夜幕之中,天空是那样的深邃,几颗暗淡的星星显得有些寂寥。

西厢房里,一对新婚的青年就要天各一方。

她依偎在他宽厚的胸膛前,静静享受着分别前最后的温存。他轻轻抚弄着她的发丝,她的脸颊,将她紧紧抱在怀里,仿佛一放手,就再也抓不回自己的爱了。

这一别,何时才能团聚? 这一别,是否就会阴阳两隔? 想到这些,她就心如刀绞,浑身战栗,泪水便如断线的珠子滚落下来。

他将她抱得更紧了。他是那样爱护她,怜惜她。在他眼里,她是最完美的爱人,她娇美,温柔,善良,多情。她就像一只翩然的蝴蝶飞进他的世界,融入他的生命,化进他的骨髓。

此刻,他的心在滴血,可他不能落泪,他知道他的泪水会让她变得更加脆弱。

他将一面崭新的小镜子从怀里掏出来,在袖口上蹭了蹭,在她眼前晃动着。于是,镜子中出现了一张面若桃花、清丽可人的脸和一张有棱有角、英俊帅气的脸。

"喜欢呗?"他轻轻拉住她,将镜子放在她纤细嫩白的手中。旋即,两行晶透的泪水又从她明若秋水的眸子里淌出,弯弯曲曲在她白皙的脸上。

"妮儿,不能再哭了,哭红了眼睛可就变成丑丫头喽!等打完仗,太平了,俺就回家跟你好好过日子!"他强装笑颜,轻轻抹去挂在她面颊上的泪花,又调皮地贴在她耳边轻声说,"俺得好好活着回来,爹娘还盼着咱给他们多生几个孙子呢!"

她终于又露出了笑脸,美得让人怜爱。

一阵鸡鸣声划破了拂晓的沉寂,他真的要走了。临行前,他给爹娘磕了三个响头。

村西口。曾祖父手双手捧着一朵大红花,那朵花在他手里微微跳跃着,在朝阳的映衬下,红得分外耀眼。他走到儿子跟前,将红花佩戴在儿子胸前,像是为儿子佩戴了一团光鲜的圣火。他把目光移到儿子年轻俊朗的脸上,将儿子的眼睛、鼻子、眉毛、嘴巴仔仔细细端详了一番,目光里充满了无限的慈爱。他张了张嘴,想跟儿子说些什么,可什么都没说,千言万语都融在那对视交流着的目光里了。他捏了捏儿子的肩膀,使劲拍了两把,又把目光迅速从儿子脸上挪开。

那是一匹大个头的棕红马,曾祖父将儿子扶上了马背。

"好好干,不要想家!"

"放心吧,爹!"

曾祖母和二奶奶抱在一起,早就哭成了泪人。

一家人挤在送行的队伍中,敲锣打鼓声、嘈杂的说话声和妇女的哭泣声交织在一起。人群中,一双双的手紧紧扣在一起,难割难舍。他们都清楚,这是一场生离死别。

出发的号角吹响了,二爷已颠簸在马背上。

"照顾好爹娘和哥嫂,等我回家!……"二爷扭过头,冲着二奶奶使劲喊着,泪水到底是流了出来。

马蹄声声,土路上扬起一阵狼烟,几乎吞没了血红的残阳。

远了,远了,任凭哭肿了眼睛的曾祖母和二奶奶踮起小脚,也看不到二爷消逝的背影了……

（三）

61 年前,曾祖父拿着他亲手糊的穿军装的纸人,和曾祖母一起在村口迎接二爷回乡。

盼星星,盼月亮,半年过去了,终于把儿子给盼回来了!可盼回的是却是儿子冰冷的遗体,他再也无法叫声爹娘了!

1948 年 4 月,曾祖父接到二爷阵亡的通知。爷爷便从家乡赶着牛车到临汾去接二爷回家。他用颤抖的双手抚摸着躺在担架上二爷那千疮百孔的遗体,失声痛哭着。他明白,弟弟用死成就了他的生!

从山西临汾到河北老家,沿路村庄的乡亲们得知车上躺的是烈士的遗体,便自发为爷爷提供食宿。一程送到下一程,一村接过另一村,跟爷爷共同把二爷护送了回去。

遗体回乡了,热血留在了战场……

临汾这座由国民党死守的孤城, 是晋南的重镇和战略要地。城防工事十分坚固。城墙高 14 米、厚 20 余米。城周围有 30 多个地堡群,同时挖有既深又宽的护城外壕,壕内设有许多明碉暗堡。临汾城易守难攻,注定将要在这里打一场硬仗。这次攻坚战只能以坑道爆破为主要手段,为此,参战部队进行了一个多月的临战训练。老百姓的院子、房子和街道都成了战士们的练兵场,他们个个憋足了劲头,不攻下临汾城誓不罢休!

3 月 16 日,十三纵队一部向东关发起攻击,经过激战,占领了东关外壕外沿的主要据点。又经过一周的准备,3 月 23 日和 27 日,十三纵队的两个团两次攻击东关,三十九旅的勇士们在炮火的掩护下,越过外壕,猛扑敌前沿地堡群,遭到敌人多次反扑,负伤数次不下火线。

敌人的火力太强了,两次攻打东关均未克。

二爷是十三纵队三十八旅工兵连的一位战士。

由于他聪颖过人，武艺高强，刚入伍时，就被选拔到了工兵连，很快就成为一名训练有素的战士。这次攻打临汾的战役，他坚守的一直是最重要的阵地之一。

4月10日，第三次全面攻打东关的战斗打响了。这次由作战经验更丰富的八纵队二十三旅担任主攻。身在十三纵队的二爷主动向上级请缨，加入了主攻的行列。

战斗一开始便打得异常激烈。城内房屋的窗玻璃在强烈的声波中被震得粉碎，哗啦啦地倾泻而下，整个房屋都在晃动，梁柱在嘎吱吱作响，像是随时要塌下来。铺天盖地而来的浓烟使得日月无光，手榴弹、迫击炮弹、炸药的爆炸声，刺刀、枪械的撞击声，声嘶力竭的呐喊声汇成巨大的声浪。

一颗颗炮弹从战士们的耳边呼啸而过，他们早已将生死置之度外。负伤的战友拖着残体，和敌人作最后的殊死搏斗。一位位战友倒在血泊中，依然紧握着手中的钢枪。

倒下的战士中，有我的二爷。

敌机在阵地上空疯狂地扫射，投弹。弹片穿透了他的胸膛。血，汩汩地冒出来，顿时在他身体上盛开出一朵鲜红的花。可他依然用精神的伟力支撑着摇摇欲坠的身体，一次又一次站起来，投弹、射击，最后一滴血流干了，他轰然倒下！

他还没留下后代，战争的火焰就吞噬了他年仅17岁的鲜活生命。

在他牺牲后的第二天凌晨，东关被成功攻克。在他牺牲后的第31天，临汾解放，我军前后共歼敌两万五千余人。

历时72天的苦战终于结束了，战场上却留下了15000个英魂！被爱国和思乡之情苦苦纠缠的他们，终于完成了使命，可以回家了！

（四）

49年前，在曾祖父和曾祖母的反复劝说下，苦守二爷12年之久的二奶奶终于答应改嫁了。

自从踏进这个家门,二奶奶就没打算离开过,她深爱着二爷,深爱着这个家。当二爷牺牲的噩耗传来时,她根本无法相信那是事实。她身上还残留着二爷的体温,她脑子里印满了二爷的音容笑貌,她耳边回荡的全是离别时深情的悄悄话,她手里还握着那面锃亮的曾经同时照过两个人的小镜子……

二爷的遗体回乡时,她没有去接。她不敢面对二爷那千疮百孔的躯体,她无法承受失去爱人的剧痛,她害怕看到那个鲜活的生命从此变得冰冷无语。

她病倒了,粉嫩白皙的脸变得黯然失色,深陷的面颊和眼窝烘托出一双失神的大眼睛。她一天到晚反复念叨着二爷的名字,重复着同一句话,"他说过要好好活着回家的,还说要多生几个宝宝……"泪便如泉水般从她的眼睛里溢出,打湿枕巾。

一年过去了,二奶奶整个人依然失魂落魄。

曾祖父看在眼里,疼在心里。他已经失去了唯一的亲生儿子,再也不能让这个贤淑孝顺的儿媳有个好歹了。

"孩儿他娘,你再去劝劝泉儿他媳妇吧,人没了,可日子总归还是要好好过。"曾祖父长长地叹了口气,"打听着哪里有了合适的人家就劝她改嫁,咱家不说这个,泉儿如果在天有灵,也会答应的。"

曾祖母含着泪不住地点头。

二奶奶的床前,曾祖母坐了下来。

她一只手拉住儿媳的手,一只手怜爱地抚摸着儿媳凌乱的头发。

"菊子啊,娘知道你是个好孩子,怪只怪泉儿没这个福分。人死不能复生,咱活着的人都要好好的,泉儿在那边才能放心呀!"曾祖母一把搂住早已泣不成声的二奶奶,"不哭了,不哭了,临村今天有庙会,咱赶会去!"

庙会上,曾祖母给二奶奶扯了好几块做衣服用的花布。

"喜欢呗?爹和娘已经托人给你打听了个婆家,那人家不错,孩子又能干又懂事!"

二奶奶放下那些花布,只是摇头。

这头一摇就摇了12年。12年来,她不允许任何人跟她谈改嫁的事情,一心孝敬侍候着爹娘。而曾祖父和曾祖母也早就把她当成亲生闺女一样疼爱着。

1960 年,在那个极度饥荒的年代,曾祖父找到了一个最具说服力的理由,使二奶奶终于答应了改嫁。

那时,我爷爷和奶奶已经有了四个儿女。全家老少共九个人,一个个饿得面黄肌瘦,皮包骨头。

村子里,不断传出哪家的孩子哪家的大人被饿死的消息。整个中国都处于物资奇缺、极度窘困的状态。

"闺女啊,咱家孩子多,摊上这年月,养活不了这么多口人了!"曾祖父狠狠地吸了口旱烟,"你娘给你在城里打听了户人家,家里人少,条件还不错,你就听你娘的吧!"

"咱家会把你当成亲闺女打发出门,瞧,娘把蒙头红和花鞋都绣好了。"曾祖母边说边将包袱打开。

这一次,二奶奶终于点了头。她知道爹娘的良苦用心。

曾祖父为二奶奶置办着嫁妆,打点着婚事,忙得不亦乐乎。

没过几天,在一片鼓乐声和鞭炮声中,大花轿抬走了我的二奶奶。她终于在曾祖父和曾祖母的关爱中,又一次找到了幸福。

我想,二爷在九泉之下,也一定是含笑的吧。

改嫁后,二奶奶每年回几次家看望我曾祖父和曾祖母。清明时,她也从不会忘记往二爷的坟头烧一把纸钱,添一捧黄土,放一束野花。

曾祖父和曾祖母也经常去城里看她,临回来时还会偷偷地往床单下压一点钱,那是他们从牙缝里省出来的。

如今,二奶奶已经 80 岁高龄了,儿孙满堂,家庭和睦。提起那段往事,她依然刻骨铭心。

（五）

25 年前,曾祖父永远地离开了我们。

弥留之际,他突然睁大了眼睛,像是想起了一桩很重要的事情,他颤颤巍巍地伸出五个手指,翕动着苍白的嘴唇。爷爷将耳朵贴在他的唇边,听着他竭尽全力从喉咙发出的最后声响,"五,五毛钱……还给邻居……韩家……"

痛哭声从小院上空盘旋而出,湮没了村庄冬日的沉寂。

那是一场感天动地的葬礼,几乎全村的男女老少都自发地为这位可敬的老人送行。

灵棚里,亲人们披麻戴孝,抚摩着大红的棺材,哭得昏天黑地。灵棚外,悲怆的哀乐和凄凉的唱腔交织在一起,曾祖父的徒子徒孙们戴着重孝为他们的恩师唱了整整五天的戏。

没有统一的号令,没有事先的安排,随着"起灵了"那声高亢的呼喊,全村几百名送葬的人竟不约而同下跪,呜呜的恸哭声顿时汇聚成一条悲痛的河流淹没了整个村庄。妇女们用手帕蒙住脸,长一声短一声地哭泣;有泪不轻弹的壮年男人张大嘴巴,失声痛哭;即使身子骨不硬朗的年近古稀之人也是捶胸顿足,老泪纵横……

曾祖父的一生,时时处处都散发出人格魅力的光辉,正因为如此,他才受到了全村百姓的缅怀和敬重!

他睿智广博,豁达诚信,宽厚仁爱。他只上过两年私塾,却博古通今,才华横溢,成为乡亲们心目中的一部"大辞典";他没有受过专门的戏曲培训,只通过看戏听戏就能掌握其表演技巧,做到融会贯通,游刃有余,在县内外组织成立了戏班子,带出了一大帮徒弟;他没有写作老师,却能创作出唱河北梆子用的剧本,《珍珠塔》《红风传》《忠孝节义》等等,在我们当地民间广为传唱;他生活并不富足,可文化大革命期间,他能在节衣缩食养活全家老小的情况下,给需要接济的下乡知青送去珍贵的粮食;他没有任何头衔,可乡亲们有了矛盾,却都乐意去找他,他三下五除二就能把事情处理得公平公正,令人心服口服;他失去了唯一的亲生骨肉,承受着中年丧子的巨大悲痛,却从没有表现出过度的哀伤,他说儿子是为国捐躯,死得值!

在我家人和乡亲们的心目中,曾祖父就是一棵参天大树,有了这棵大树的庇护,心里才会更温暖,更踏实。因此,当这棵饱经沧桑的老树倒下后,整个村庄都会陷入悲痛中!

刺骨的北风裹着白色的灵幡飒飒地飘在灰色的天空里。200多人擎起放置棺材的巨大木架,像是擎起一座巍峨的高山,在哀乐声中缓缓前行。棺材顶部和四周堆放着素洁的花圈和用金银锡箔糊成的纸人纸马,还有一座精巧玲珑的纸房子。长长的送葬队伍像是一条游龙蜿蜒在去往墓地的路上……

(六)

我常假设,如果没有曾祖父和二爷当年的义举,或许就没有了父亲和我的生命延续,我们就不能享受到今天的幸福生活。

我怀着崇敬之情,从《内丘县志》里找到了我的二爷。他当年的铁血之躯早已化成了一行细小的文字,静静地躺在书中。和他一起躺在烈士英名录中的还有在抗日战争和解放战争中牺牲的将近一万名战士。这才仅仅是一个县,那么一个市、一个省有多少?整个国家有多少?我甚至不敢再去想那触目惊心的数字。我们今天所走的阳光大道正是铺设在他们的血肉之躯上!

我知道,千百年来,像曾祖父和二爷那样忠诚仁义的普通人有许许多多。时光的火焰和灾难的火焰可以吞噬掉他们的生命,但无法吞噬的是他们高尚的灵魂!这许许多多灵魂汇聚起来,便构成了我们伟大的民族之魂。也正是因为有了这样的民族之魂,我们的国家才能永永远远挺直那不屈的脊梁!

生活在安逸中的我们,要时刻让那灵魂成为照亮生命的一盏灯。唯有如此,才不至于迷失自我。

孤单的花朵

抵达生命的彼岸

——翻开二爷那泛黄的日记

(一)

1948 年 4 月,二爷走了,那年他才 17 岁。

战争,夺去了他年轻的生命。

可我一直觉得他没有离开。

前段时间,当我无意中在老家发现二爷那两本日记时,这种感觉,便更加强烈地占据了我的心灵和脑海。

一页又一页的纸,被时光打磨得斑斑驳驳,被岁月点染成了暗黄色。二爷就安睡在日记里,未曾离去。那里,有他的喜怒哀乐,有他的生活足迹。手捧着沉甸甸的日记本,犹如捧着二爷那颗火热跳动的心。翻开,品读。我触摸到二爷光鲜的生命、裸露的灵魂,感受到二爷跳动的脉搏、温热的气息。

我真不敢相信,那些日记是二爷十岁时写的! 单看那隽秀挺拔、苍劲有力、飘逸灵动的毛笔小楷字体,就不能想象它们出自十岁少年之手。更不用说,读到那些文采飞扬、荡气回肠,闪耀着思想光芒的文章时,我有多么惊奇诧异,又是如何扼腕叹息。

我小心翼翼地翻阅着那一张张泛黄的宣纸,跨越了时间的久远,超越了空间的距离,走进二爷的内心世界。

战乱是那个年代的音符,灰暗是那个年代的底色。入侵者的罪恶,就是以野性的占有欲望和蛮霸的抢掠争夺,破坏一个国家或民族的和平与安宁;就是用血腥的欺辱和压迫,撕碎人民对于美好和幸福的憧憬。年幼的二爷,就是在硝烟滚滚和炮火隆隆中坚韧地求学,就是在残酷现实与渴望和平中求生存。

我翻开二爷的日记,字字如泣如歌,打落在我心头。

(二)

自述日常的痛苦

　　现今,正在世界纷乱、国际惶荡的时候,一般人民多半为了抗战,将工业堕落于后。所以,物价腾贵,谋生艰难。我所在学校使用的笔墨纸砚,比别处价高。我手文钱缺乏,着实痛苦。为此,我少写些字。一天两张大楷,一张小楷。此外,一篇纸也不能浪费。真是艰难极了。一切文具都很贵,日常觉得很难。古人说,温故而知新。这样,我也就不总想着买书了,时常温习旧书也能增长知识。这样就算罢了。

看到这些文字,我哭了!为着二爷的苦难流泪,为着那个时代的苦难痛哭!

穷人的孩子早当家。战乱中的孩子早成熟。在残酷的现实面前,他不得不睁大眼睛,他不得不认真思索。眼前的苦难,让聪慧的他早熟。生活在那样封闭落后的农村,他居然了解国际动荡的形势,居然懂得战争使工业堕落于后。面对生存的艰难,他尽管如此热爱学习,却能够体谅家境贫寒,用少写字来节约日常开支,用"温故而知新"

面对买不起新书的现实。

一个年幼的孩子,弱小的肩膀怎能担起那样的艰难和苦痛? 可是,他却能! 尽管那样苦涩,他却丝毫没有动摇求知的信念。他怀着高远的志向,迈着坚毅的步伐,一次次在超越痛苦中,寻求目标,获取生存的快乐。

做事不畏难说

我们做事,要立志向,养成忍耐的性格,有好处。好逸恶劳绝不会有什么成就。农人做事怕难,庄稼难以丰收;学生做事怕难,学问难以进步;商人做事怕难,货物难以销售;军人做事怕难,战斗难以取胜;官员做事怕难,政治难以清明。

我们要耐苦,还要有恒。汉朝时,有位匡衡,少时知用功读书。但家里很穷苦,无钱买油点灯夜读,即在墙壁上凿洞儿,借邻居家灯光以读书。这样困难,还不放弃读书,多么坚韧啊。现在,我们坐着机子,在教室里,如果不好好读书,对得起家长吗?

一篇小小的日记,折射出二爷发奋读书的决心,也看得出二爷超凡的文字功底。200 字文章,言简意赅,有理有据,运用类比和引用的手法,加强说理力度。对于一个年幼的孩子而言,多么难得。尤为可贵的是,他的日记,不是个人情绪的宣泄,不是私人秘密的倾诉,而是一种铿锵有力的呼唤,一种勃然向上的号召。使人努力,催人奋进。他强调的是"我们",而非"我";他侧重的是整体,而非个人。农人,学生,商人,军人,官员,几乎涵盖了当时的各行各业,而这些人则构成了国人的主体。这篇日记,写于 1941 年。在外邦入侵,战争频繁,物资匮乏,经济窘困的年代,他殷切地期望,国人能奋发进取,促使中华兴旺发达;他热切地渴盼着,国人能持之以恒,促使民族刚强勇毅。

在文末,二爷乐观地与汉朝的匡衡进行对比,怀着积极的心态读书,又是多么值得生活在安逸中,却滋长着惰性的年青一代学习啊!

(三)

当一个十岁的孩童，站在春日的阳光下说，"我们要努力，应当做好一年的规划"时，你会觉得他是个勤奋进取的人；当一个十岁的孩童拍着胸脯说，"我是青年男子，前途极为远大"时，你会觉得他是个有志向的男子汉。

说春耕

严寒的冬天飘飘而过，忽然春风微动，百花盛开。又见那小蜜蜂出入花叶，终日工作，预备冬粮。所谓"一年之计在于春，一日之计在于晨"。因此，在春日，必须努力工作。请看那蜜蜂和蚂蚁，它们虽是无知的小虫儿，一天的行动，是多么有秩序，有纪律。又见那苍蝇，贪吃懒做，整日薨薨，是罪恶的祖宗，秋日必死，全是懒惰不防后的缘故。我是青年男子，前途极为远大，更当努力。今当新春佳节，我们若不计划工作，便和那苍蝇相同。这是多么可羞的呢？

万丈雄心，不拔之志，起于少年，必成大器。岳飞不是吗？史书记载，岳飞从小就与众不同，不辞辛苦，刚毅顽强，志向远大，天资聪慧。他喜欢读《左传》，喜欢读孙武、吴起的兵书，喜欢练习武术。那时，中原动荡，遍地兵戈。岳飞对母亲说，要去当兵。母亲在他背上烙下了"精忠报国"四个字，这四个字便融入了岳飞的生命，岳飞将它们演绎得轰轰烈烈。毛泽东不是吗？他在13岁时写下了《咏蛙》一诗："独坐池塘如虎踞，绿杨树下养精神。春来我不先开口，哪个虫儿敢作声？"。这首咏蛙诗，托物言志，表现出诗人感人心魄的英雄情怀和壮怀激烈的宏大抱负，抒发了少年毛泽东"天下兴亡，匹夫有责"的情怀。最终，他成为改写中国历史的一代伟人。周恩来不是吗？他12岁，从苏北到沈阳上小学，当校长问学生们为什么而读书时，他大声回答，"为中华之崛起而读书!"，充分表达了少年周恩来要为祖国独立富强而发愤学习的宏伟志向。也正是有了这样的志向，他才能够坚定一生的信念，为国为民鞠躬尽瘁，死而后已。

我不敢断定，如果二爷没有牺牲，将来会成为叱咤风云的政治家；我也不敢断定，如果二爷没有牺牲，将来会成为独领风骚的文人墨客。可我敢断定，他必定是个勤恳踏实的人，必定是个有远见卓识的人，必定是个有所作为的人！

他厌恶终日贪吃懒做的苍蝇，他以勤劳聪明的蜜蜂为榜样。他惜时如金，终日进取，我为他骄傲。

耗费六星期的光阴

中心小学开学那天，我走进校内，恰巧遇见我最知己的张国良。

我说，国良哥，六星期的暑假，我感觉日长如小年，真是不好过，你也有这感触吗？国良哥说，还好，我每天上午，到李老师家里去补习国语、算数、英文，下午有时温习，有时同朋友交谈，觉得霎时已到开学了，光阴真快！

哦，我浪费了六星期的光阴了。

放暑假，恐怕是孩子们最向往的事情了。烈日炎炎，酷热难当。在树荫下乘乘凉，在池塘里游游泳，在小河里捉捉鱼，是多么惬意的事情。好玩儿，是孩子们的天性。可是，在二爷看来，六个星期的暑假，如度小年。我想，在漫长的暑假里，一向好学的他，肯定不会荒废时光，他一定会把自己锁在房间里，手捧书卷，静心阅读，他一定会一遍又一遍温习旧知。可自学怎如听先生讲授获取的知识更多？他多么想让假期快快结束，重返课堂。在他看来，度过一个漫长的假期就等于耗费了光阴。尤其，在与张国良同学进行一番对话后，他更觉失落了。张国良，一定是个有钱人家的孩子，从他父亲给他请私人教师辅导各门功课便能得知。国良，在假期增长了那么多知识，每天过得很充实，竟觉光阴似箭，"霎时已到开学"。家境贫寒的二爷，没有如此优厚的待遇，他唯有深深羡慕着，自责着。

（四）

二爷生在农村,长在农村。农民的拮据,农村的穷困,农业的落后,民生的凋敝,他尽收眼底。

农人的日子

凡百职业当中,一年到头,最辛苦的算是农人。他们过着少空间的日子。最最忙碌的时候,是在五六月间。到了秋天,还要采棉、割稻。棉既采了,稻既割了,带到市场上出售,就可以供给我们的衣食了。我们全靠他们来生活。那么,我们对于农人生活,当然要特别注意。试看,目前的农村组织,最足以使农人感受生活的痛苦,他们常常发生厌弃农业,移居都市的思想。其实,农村生活是一种最辛苦,也是一种最愉快的生活。我们假使将农村组织进行改良。那么,农民自然安居故乡了。

他时刻体恤着农人的艰辛与不易。他真正懂得"农民是我们的衣食父母"这句话的真谛。幼小的他居然意识到,在农业大国中,农民问题的重要性,提出了"关注民生"的观点——"我们对于农人生活,当然要特别注意"。直至今日,"改善民生,关注三农",依然是构建和谐社会的关键。他怀着一颗悲悯之心,环视农村现状,认识到全国农村普遍存在的严重问题,"目前的农村组织,最足以使农人感受生活的痛苦"。是啊,农民辛劳一年,除交田租,所剩无几,遇到灾荒,食不果腹。根本原因在于农民没有真正成为土地的主人。二爷当时以一个孩童的目光,洞悉这一点,还提出了"改良农村组织,使农民安居故乡"的主张,尽管他还不能讲出具体改良的措施和办法,已属难能可贵。七年以后(1947 年),中国共产党颁布的《中国土地法大纲》,规定废除封建剥削土地制度,实行

孤单的花朵

耕者有其田，成为新中国成立前的一道曙光，照亮了千千万万农民的生活。千百年来，农民受压迫、受剥削的现状，彻底改变了！那也曾经是二爷的梦想啊！

一个人，在苦难生活中，关注的不是自己，而是劳苦大众，这个人就是道德高尚的人，他有着至高的境界。二爷正是这样。底层的苦难永远胜过他个人的苦难，底层的痛楚永远胜过他个人的痛楚。

看收稻记

晚秋的时候，到野外去逛逛，看到一般农人都在田间工作。有的弯腰曲背，有的扎稻，有的挑稻。他们一年的希望，已经达到目的了。可是他们并不十分快活，只听他们说，"唉，还饼账、还租米，所余留不够用。""喂，你还有自田，像我，只种租田，将怎样呢？"他们的寒酸话，听了好不伤心。我要劝大地主们，你们不耕自食，还不发些慈悲，减轻些田租？

短短一篇小文，将农民的辛劳、生存的困境，与地主的盘剥、贪婪本性进行了对比。将矛头直指大地主们，一针见血指出他们的剥削本质。读到这篇，我总能想起《诗经》中《伐檀》《硕鼠》这两篇。"不稼不穑""不狩不猎"，却是"不素食者""不素餐者"，无耻的剥削者如同不劳而获的"粮仓硕鼠"，多么令人憎恶！而整日埋头苦干的劳动者，饱受磨难和艰辛，却入不敷出，捉襟见肘，过着凄苦的日子。二爷怀着悲悯的爱心，将黎民苍生的苦难，注入心头，诉诸笔端，向剥削者发出声讨的檄文。铿锵有力，掷地有声。读来，令人敬佩不已。

（五）

国有内忧，更有外患。外邦入侵，国军不战。山河破碎，满目疮痍。二爷心事凝重,紧锁眉头,将小拳头攥得咯吱吱响,恨不得自己能奔赴前线,横刀立马。可是,他太小了。他只好在茫茫夜色里呐喊呼号,让幼小而悲壮的声音回荡在广阔苍凉的穹宇间。

合群保国说

世界上能联合一起,是头一件好事。无论何物,苟不合群,决不能成功。我们中国,因不能合群,所以被外邦侵略压迫。国为公共的,不保不可。虽云保国,而需忠勇,还要同心。如此,国家何不安哉?

蚂蚁和蟋蟀

好斗的性格不但人类有,就是虫类也有。不见蚂蚁和蟋蟀么?蚂蚁是能够合群的。这一群和那一群打仗,大家拼命。不到筋疲力尽,不肯罢休。蟋蟀两雄相遇,就张牙相咬。败则逃,胜则瞿瞿地叫,好像唱着凯旋歌。可是,蚂蚁的争斗出于公心,是有价值的。蟋蟀的争斗出于私心,没有价值。我们人类,若是勇于私斗,怯于公战,真与蟋蟀没两样。看到了蚂蚁,岂不很惭愧的么?

说鸡

鸡,家禽也。身生两翅,二足六爪。雌能生蛋,可做人食。雄头有高冠,能报时辰,身穿花衣,性情好斗。两鸡斗时,四目对射,至死不退,非常勇敢。国家的兵若能如此,我国何能亡呢?

这三篇日记,集中反映了二爷的爱国主义思想和对和平美好生活的向往,表达了同心协力、奋勇顽强、驱赶外邦的强烈主张。"世界上能联合一起,是头一件好事",饱受战乱之苦的二爷,多么渴望和平!他希冀这个世界没有压迫,没有欺凌,充满民主和平等,充满温暖与和谐,成为一个欣欣向荣的大家庭。可是,他是不幸的,他没有生在那样的时代。他的时代，充满了动荡不安，充满了惊悸恐慌，充满了深重苦难。然而，他没有厌世，没有抱怨，没有回避！他用自己坚强的理性和顽强的斗志，直面现实！他用敏锐的眼光分析国家支离破碎的原因，他用比兴、譬喻的手法切中肯綮。他甚至有了睿智的政治头脑，对国民党早期的不抵抗政策及国共分裂，提出了有力批评，指出这是亡国的致命伤！随后，他又提出，要忠勇，要同心，要勇于公战，要誓死保国！如果不能做到，连蚂蚁和鸡都不如，简直愧为做人！

亡国之痛，如一把利剑刺进二爷的灵魂里。他暗暗下决心，既要习文，也要习武。他要练就一副强壮的体魄，驱赶外邦，报效祖国。每天，天还不亮，他就起床练功了。耍刀，舞枪，挥拳，弄棒，他样样精通。为了练习臂力，他每天早晨都要反复抓举一块重50斤的石锁，没过多久，他用一只手就能将它轻松举过头顶。他刻苦练习跳跃本领。一米多高的平台，他双腿齐跳，纵身而上；两米宽的壕沟，他腾空而起，一跃而过。他结实健壮的身体里，积蓄着无限的能量。

他边练功，边吟诵着岳飞那首气吞山河的《满江红》：

怒发冲冠，凭阑处、潇潇雨歇。抬望眼、仰天长啸，壮怀激烈。三十功名尘与土，八千里路云和月。莫等闲、白了少年头，空悲切。

靖康耻，犹未雪；臣子憾，何时灭！驾长车、踏破贺兰山缺。壮志饥餐胡虏肉，笑谈渴饮匈奴血。待从头、收拾旧山河，朝天阙。

泱泱大国，几亿民众，岂能卑躬屈膝，做亡国之奴隶？保家卫国，是二爷的信念。信念的力量是惊人的。信念在他体内，像一座火山，也许会暂时沉默，但只要是火山，一定会证明自己的热和光，证明爆发的震撼。只是，这需要时间！

忍看山河破碎，生灵涂炭，他痛心疾首，怒不可遏，奋笔疾书，言犀语利。可惜，他只是个孩子。尽管一腔郁郁如裂帛，但，没有人能听得到他呼号的声音。他只能饱蘸着忧伤的泪水，把孤独和愤懑写进自己内心深处。

于是，他做了很多梦。

今夜的梦

　　这几天，不由胡思乱想。一会儿，想到上海去散心，游玩看景。一会儿，又想成为一位提高名誉的人。或者成为一个文学家。结果，不但没有成功，还耽误了许多正事。极力想止住，不再乱想，却意马难牢，总不能禁。现在心中寂寞极了，精神难振。不知不觉，便到了上海居住，真是快乐！于是，就在上海上了学，品行端正，名誉人知。还作了一篇文，学生俱多不如我，吾心一乐，而醒。原来是一梦。眼睛瞧见一本精华，原来是精华还没念完呢。

　　他躺在床上，辗转反侧。封闭落后的农村，没有自己的用武之地。他渴求得到更多的知识，早日报效祖国！上海，这个经济、政治、文化高度发达的国际化大都市，深深吸引了他。他多么希望自己快快长大，去那里实现理想抱负，当一位名誉人知的政治家或者文学家。在硝烟弥漫、炮声震天的日子里，时间过得那样慢。于是，他就做起了美美的梦。在梦中，他成为学问和人品的楷模，他是那么自信，"学生俱多不如我"！可是，梦终究要醒来。梦和现实之间有那么遥远的距离。揉开惺忪的睡眼，他依然躺在铺满茅草的土炕上，他依然看到凋敝破败的农村，他依然手中文钱缺乏，买不起书本，更不要说去上海上学！梦境能给人带来多少美好的享受，现实便会给人带来多少惨痛的打击。梦醒后，一地凄凉弥漫。知心的话，说与谁人听？没有一个人会深入这般早熟智慧的孩子心里，去了解他。没有一个人能读懂他眼里的失意和忧伤，去安抚他。他只能自己承受着漫无边际的寂寞和孤独。

（六）

　　在寂寞和孤独中，二爷把自己的生命融入大自然。从清新明媚的春天里，二爷寻到了无数的乐趣。

春天的风景

灯节已过,天气渐暖,真是春游的绝好时机。和几个知交的良友踱过郊外。经过一顶石桥,向下一看,水色澄清,微波荡漾。鱼儿活泼地游来游去,甚是可观。下了桥,抖擞起精神,向前行进。那田中的青青麦苗轻轻摇动。遍野的菜花,真像黄金似的。可爱的蚕豆花竟和粉蝶同样。河旁绿柳,垂着细长的枝儿,好似游丝动荡。村旁的桃花满身穿着红袍,笑嘻嘻的惹人欢喜。好鸣的小鸟在树上啾啾唧唧地奏乐。双双对对的蝶儿,不住地在花间跳舞。这种情景真使人快乐无穷。无奈,天色已晚,与朋友而回。

新春小雨

灯节已过,天气渐暖。杨花将吐,柳色倍新。蛰虫由墙偶尔出穴,游蜂自窗空而入室。鸿雁北飞结对,桃李南枝先发。目观此景,心念异地。更加思郊游以畅目,惧飞尘而走沙。午徘徊于门外,见半天之残云霞。晚饭后出局户,无星辰之错杂。归室内而就寝,听微风之潇飒。扶枕侧而静闻,知细雨之微下。晨着衣起视见,满院之润滑。雨虽小而不足,兆再雨之必大。

二爷在日记中,对四季景物都进行过描摹。而他对春天,却情有独钟。

当春风吹皱一池碧水,吹绿河旁垂柳,染红朵朵桃花,携来如丝细雨时,二爷的心便豁亮起来。他渐渐平息心中那份寂寞和苦痛,站在春天,就如同站在希望之门。

踩在松软的泥土上,才知道生命的温床可以如此平实。只要季节的老人飘然而至,所有沉睡的种子,都可以在这里孕育,并赋予生命一种变换的姿态。春,是一幅饱蘸着生命繁华的画卷。无论是破土而出的,还是含苞待放的;无论是慢慢舒展的,还是缓缓流淌的;也无论是悄无声息的,还是莺莺絮语的,只要春的帷幕一拉开,他们就会用自己独特的方式,在这里演绎大自然那神奇的活力。

行走在春风花草香里,触摸着游丝般的诗意,二爷步履轻盈,舒心惬意。他与鱼儿对话,与鸟儿为友。大自然是多么美啊,多姿多彩,明艳秀丽。青的麦苗,黄的菜花,粉的蚕豆花,都沐浴在柔媚的春光里。小鸟的啁啾声,河水的哗哗声,鸣虫的唧唧声,交织成一首悦耳动听的曲子。飘逸的柳条,舞动的蝴蝶,在春风里,如痴如醉,袅娜羞涩。"等闲识得东风面,万紫千红总是春",是春,活跃了二爷的思维,点燃了二爷的热情。在春的怀抱里,他尽情徜徉着,大声歌唱着,用心感受着。

他的感情如此细腻,可以听见桃花的笑声;他的观察力如此敏锐,可以发现朝南的树枝先发;他的感知力那样灵敏,卧床而知细雨微下。他沉醉在春日的勃勃生机里,用一支绚烂的笔,将春描绘得如诗如画,如梦如幻。

两篇文章,写法不同。第一篇是白话文,语言清新,一句一景,动静相宜,有声有色,情景交融,文采斐然。第二篇,接近骈俪文,用词精当,辞采飞扬,对仗工整,笔法细腻,情理交织,令人拍案叫绝!如何能相信这是出自一个十岁孩童之手。怪不得,二爷曾经梦想自己将来成为一个文学家,他确实有此天赋!当我读到二爷描写春天的两首绝句时,更是惊叹不已,自愧弗如。

如果说以上两篇文章充满浓郁的婉约味道,那么这两首绝句便充满了十足的豪放意味。

题新春之一

春来无处不三阳,草色青青柳色黄。

千里河山成锦绣,天然一部好文章。

题新春之二

冬去春来日偏长,河山改尽旧风光。

千般草木争先绿,遍地花开遍地香。

这两首诗,用韵和谐,平仄讲究,意境开阔,构思奇妙。大气磅礴,浑然天成,居高临下,一望千里。中华锦绣河山,在春日里,尽显万般妖娆,却遭受着日本帝国主义铁蹄的肆虐和践踏! 收复河山,尽改旧颜,让我华夏,重放异彩! 诗里面,寄托了多少希冀与渴望,寄托了多少祈盼与梦想。这是一种境界,这是一种胸怀。一种在苦难中热爱生活的境界,一种在黑暗中迎接曙光的胸怀。时光荏苒,岁月如梭,70 载匆匆而过。可这种境界,穿透了历史的云烟,瞬间抵达我灵魂深处,定格为永恒!

(七)

二爷如此热爱生活,可是生活并没有眷顾他。它冷酷绝情地将二爷读书报国的美好梦想,一点一点,撕成碎片。那一刻,我听到二爷肝肠寸断的悲泣声。

我的志愿

光阴似水,不知不觉,我已读书三年了。再读一春,就可毕业。初小毕业后还有高小,高小毕业后还有中学,中学毕业后还有大学。我心实愿升学。可惜,家庭狭小,经济困难,父母不叫。我无奈何。只得自己安慰自己做商。做商就做个好商员,做个伟大的事业,发展吾国之工商业。这就是我的志愿目标。就是这样。

读书,报国。报国,读书。他从未动摇过这样的信念。可是,战争,贫穷,这两个可恶的凶手让二爷的理想难以为继。"家庭狭小,经济困难,我无奈何",这几个字,字字如刀,划在我的心口。我再也控制不住自己的泪水,呜呜痛哭起来。站在字里行间,我头晕目眩,不能自持。我不忍再次穿越时空,回到那个灾难深重的年代……

1941 年冬季的一天,二爷上了他最后一节课。

他端坐在教室,全神贯注,眼睛都不愿多眨一下,生怕丢了一字一句。这是最后一节课呀,得好好珍惜!

先生大声朗诵着,"寄蜉蝣与天地,渺沧海之一粟。哀吾生之须臾,羡长江之无穷;挟飞仙以遨游,抱明月而长终;知不可乎骤得,托遗响于悲风……"念着念着,二爷眼里饱含着泪水,一脸的忧愁。一个十岁的孩子,怎能真正懂得此文的况味?可是,悲苦的境遇,让他尝到了失意的苦楚。一腔热血,满怀抱负,在残酷的现实面前,几乎成为空白。他无力改变现实,他实在感觉出自己太渺小了。

"初小毕业后还有高小,高小毕业后还有中学,中学毕业后还有大学。"这是通往理想之路的三个阶梯。可是,对于他来说,那不是阶梯,是三座不可逾越的大山。一个孩子,站在无路可走的巨大山体面前,任凭怎样呼号,任凭怎样哭喊,山还是山,不会有丝毫改变。

这节课,过得真快!从此,他便失去了课堂。与老师挥手作别,与同学挥手作别。他将整个教室又细细看了一遍。这里,留下了先生的谆谆教诲,留下了他的朗朗读书声,留下了他与同学们友爱互助的影子,他是多么恋恋不舍啊!可是,从现在开始,这里已经不属于他。

他向老师深深鞠了一躬,向同学们深深鞠了一躬,扭身,跑出了教室,满眼都是泪水。

奔跑,奔跑。他一路只听得到北风呼号的声音。太阳,露出惨淡而苍白的脸。田里的麦苗,披着一层厚厚的雪,在萧瑟的冬日里沉睡着。村口的白杨树,头顶着几片颓废的叶子,在风中左右摇摆。鬼子前几日,又进村扫荡了,掠走了许多冬粮和棉花,还用刺刀杀死两个人。风里,似乎还裹挟着那阴森可怖的杀气和血腥的味道。

"爹,娘,求求你们,让我再上两年学吧!"二爷跪在曾祖父和曾祖母面前,苦苦央求着。

"孩子,实在没办法呀!眼下,连锅都要揭不开了……"曾祖父、曾祖母抹着泪,无奈地摇头,叹气。他们知道,自己的孩子多么优秀。

那天,二爷躺在床上,辗转反侧,夜不能寐。他实在不甘心啊,他不能就这样一事无成。而中途辍学,碾碎了他童年的梦。自己面前,巍然耸立着几座难以攀越的大山。

孤单的花朵

路，被阻断了。前方，已经行不通。

那就绕过去吧！这就是智者的明达之处。

像水一样前进，前面是平原，就漫过去；前面是闸门，就停下来，等待时机；前面是高山，就绕过去。

"发展吾国之工商业"，同样也能做成伟大的事业。他是那样坚定，尽管这种坚定里透出几许无奈。

是金子，总会闪光；是英雄，总会有用武之地。二爷在困顿中，在艰涩中，终于为自己规划了一条出路。

他又在脑海中，描绘着未来的图景了……

（八）

1945 年 9 月，内丘解放，日本侵略者被彻底赶走了。全中国都在庆祝抗战的胜利。二爷高兴得在街上狂跑着，呐喊着，跳跃着，放着鞭炮，唱着歌儿。

那年，二爷 14 岁。经人介绍，他去了一家中药铺做小伙计，负责抓药。他个子小，够不着上面的药抽屉，就站在凳子上。尽管如此，可他做起工来，毫不逊色于大人。他手脚利索，抓，称，包等一系列动作，相当娴熟。郎中的字多数写得龙飞凤舞，他也能辨认清楚，从没出现过任何失误。待到不忙的时候，他还能帮老板打理账目，噼里啪啦，打得一手好算盘。老板好生喜欢！

二爷心里也在打着算盘。他白天做工，夜晚用功。他在钻研《本草纲目》，他要学中医，过几年，积累了经验，自己经营一家药铺。有了经济基础，再开一家纺织厂。几年前，在他辍学那天，他就立下了"发展吾国之工商业"的志向。他正踏踏实实，朝着自己的目标迈进。

可是，灾难一重接一重，战争一场接一场。赶走了日本人，又来了内战。

1947 年，为攻取山西太原，需要进一步扩军，从晋冀一带农村征兵。一家一户，要出一名青壮年男子。

被征的名单里,有我的爷爷,也就是二爷的大哥。

那一晚,二爷又失眠了。

他做出了一个决定,替哥哥从军!哥哥憨厚、木讷,自己精干、强健,更适合当兵。从小就有雄心壮志的二爷认为,这也是实现理想,报效祖国的好机会。

那年,二爷年仅16岁。告别新婚的妻子,他毅然奔赴前线,成为十三纵队三十八旅旅直工兵连的一名战士。

硝烟弥漫的战场,点燃了他少年时期的梦想。他终于可以在炮火的洗礼下,做一名英勇无畏的战士。哪怕杀身成仁,也无怨无悔!他头脑机灵、精通武术、体魄强壮,深受连队领导的赏识,每次战斗,他都被派到最前沿、最危险的阵地。打到短兵相接时,二爷的勇武便展现得一览无余。他机警敏捷,拳脚厉害,身板灵活,以一当十。

做就要做到最好,打仗就要勇立战功!

1948年3月,部队从太原转战临汾。在这里,要打一场硬仗。他作为精兵,加入到主攻行列。战士们,在敌人的狂轰滥炸中,奋勇前进,一个个倒在血泊中。

战斗持续20多天了,临汾城还是攻不下,双方死伤异常惨重。

敌机在阵地上空疯狂地扫射,投弹。弹片穿透了他的胸膛。血,汩汩地冒出来,顿时在他身体上盛开出一朵鲜红的花。可他依然用精神的伟力支撑着摇摇欲坠的身体,一次又一次站起来,最后一滴血流干了,他轰然倒下!他还没有留下后代,战争的火焰就吞噬了他年轻的生命。

死亡,像一座黑暗的城堡,幽禁了一个又一个年轻而有朝气的生命。历经72天的苦战,临汾城终于被攻下了。我军15000名战士成了烈士,歼敌25000人。

四万生命换取了临汾的解放。拼杀声,嘶喊声,轰炸声,交汇成一曲悲怆的挽歌,久久回荡在支离破碎的临汾城上空。

战士们的血氤氲成一道河流,将残阳和云朵染成殷红色,铺满西面的天空。忽而,一阵狂风呼啸而来,漫卷着飞扬的尘沙,遮天蔽日。狂风撕裂着喉咙,如怒吼,像呜咽,似悲吟,是在哀悼数万逝去的英魂吗?

一个人的苦难，或许容易改变。而一个时代的灾难，似乎注定了无法逃避。它需要无数生命为之作殉葬，作代价。在战争面前，生命向来脆弱得如同蝼蚁，不堪一击。

就这样，年仅 17 岁的二爷，安静地睡去了，睡在数万战友中间。他的神情是那样平静，那样安详。没有害怕，没有惊恐。他知道，奔赴战场意味着什么。

他走了，走得那么匆忙，连一声招呼都未来得及打，留给亲人无尽的伤痛和叹惋；他走了，还有那么多梦想未来得及实现，留给自己几多忧愁和遗憾。

不知道，天国里，二爷能否如愿以偿？

（九）

二爷牺牲时，年仅 17 岁。在我们看来，这般年龄，无论如何，也都算是个孩子。可他的生命中，却写满了战乱、动荡和贫穷。战争，让他失去学业。战争，又夺走他宝贵的生命。

他的死，看上去，和战友们的死，几乎没有什么不同。奋力拼杀，倒地身亡，被临时埋葬在荒坡野岭。坟头上，一个小小木牌就是他的身份证。接到阵亡通知书，爷爷赶到临汾。为了寻找到二爷，爷爷在新坟林立的山岭间找了三天三夜。挖开那堆黄土，二爷依旧安然地睡着。可他的身体，早已是千疮百孔。黑紫色的血，黏黏地凝固在他的军装上。爷爷抚摸着二爷冰冷的身体，大声痛哭着，他呼喊着二爷的名字，可二爷无语，他再也听不见了。爷爷知道，是他可爱的弟弟用死换取了他的生！

爷爷赶着牛车，将二爷从山西接回了河北老家。沿路村庄的乡亲们得知车上躺的是牺牲的烈士，便自发为爷爷提供食宿。一程送到下一程，一村送到下一村，把二爷护送回乡。曾祖父和曾祖母在村口迎着儿子。盼星星，盼月亮，终于把儿子盼回来了！可是，盼回的却是儿子冰冷的尸首。他再也不能叫声爹娘。曾祖父、曾祖母永远失去了他们唯一的亲生骨肉（爷爷是他们的养子）！

一个鲜活的生命从此凋零，换取了一张薄薄的革命军人牺牲证明书。

烈字第 0018486 号

　　尉新泉同志于一九四七年十月参加革命工作,在十三纵队卅八旅任战士。不幸于一九四八年四月十日在临汾战役光荣牺牲。除由我军奠祭英灵外,特怀哀悼之情报贵家属,并望引荣节哀,持此证明书向河北内丘县人民政府领取抚恤金及革命牺牲军人家属光荣纪念证,其家属得享受烈属优待为荷。

中国人民解放军西南军区第二野战军

司令员　贺龙

政治委员　邓小平

一九五一年十二月卅一日

　　通知书的背面,是表格,登记着二爷的基本情况,牺牲时,二爷 18 岁(虚岁)。几十年过去了,这张由中国人民解放军西南军区政治部下发的牺牲证明书,已经被岁月侵蚀得破旧斑驳,静静地躺在老家的一方旧匣子里,由我叔叔保存着。

　　从 1951 年开始,曾祖父每月从政府领取六元钱的抚恤金,直到 1984 年,曾祖父去世。

　　如今,二爷的遗物,就只有这张牺牲通知书和两本日记了。

　　和以往牺牲在千百场战役中无数的战士一样,二爷死得那样平凡普通,做了一颗通往新中国大道上的铺路石。

　　如今,二爷的身躯,已经化成一行细小的文字,躺在《内丘县志》烈士英名录中。默默的,没有几个人知道。他太年轻了,参军还不到半年,实在没有什么惊天动地的壮举,也没有成为众人皆知的英雄人物。甚至,就连他的相貌,我都不清楚。

　　二爷从小到大,没照过一张相片。只听长辈们描述过他的样子,浓眉毛,大眼睛,白皮肤,高个子,敦实,英俊。可这还是太抽象,我在脑子中,将二爷的形象,反反复复地拼凑,却没有办法让他变得更加丰满。

　　以前,父母从没有跟我提过二爷的事情,在他们心里,这是一种伤痛。直到两年前,他们才向我说及二爷。他们也没见过二爷,有关二爷的一些事情,他们是从爷爷那里听来的。当我刚得知二爷的事情时,就热切地希望为他写篇文章,可惜,与他朝夕相处过的人几乎都过世了。如今,只有二奶奶还健在,她跟二爷生活过将近一年。1960年,苦守二爷12年之久的二奶奶,在曾祖父和曾祖母的反复劝说下,改嫁到了县城的东街村。我曾经去看望过她,也想尝试着从她那里了解到更多的关于二爷的事情。可是,一提到二爷,二奶奶还没说几句话,就伤心欲绝,不住落泪。她80岁了,身体也不好,我实在不愿去触碰她那根疼痛了60多年的神经,生怕给她带来精神上的打击,便不再追问。

　　如今,二爷所留下的生活足迹都变得模糊极了,成了断裂的只言片语。这是件多么遗憾的事情啊!尽管如此,我还是用拙劣的文字,写成了《化不成云烟的家国往事》,以铭记曾祖父与二爷的感人事迹和仁义精神,也为了告慰两位先人的在天之灵。

　　直到一个月前,当我偶然从老家叔叔那里发现二爷的两本日记时,倍感兴奋,如获至宝,便尝试着从那些日记中解读二爷。

　　与那段苍老的岁月牵手,与那泛黄的日记牵手,我能抚摸到二爷剧烈跳动的心脏,我能触摸到二爷奔流不息的血液,我能听得到他震天的呼号与呐喊。我能与他高贵的灵魂对话,我能读懂他那颗愤懑而忧伤的心。在他面前,我永远都是仰望和跪拜。他用自己的生命捍卫了名誉和尊严。此刻,我又想起二爷的一篇日记《说名誉》:

说名誉

　　常说,名誉是人的第二生命。人有好名声,比当富翁还好。财帛集在手中,死去一文不见,何如名誉好,名誉留在人间,就可以百年不朽。后世人传说起来,此人有益,真可做万世的模范呀。所以,我们大家都要轻财重誉。

（十）

　　人，总会以不同的方式走向生命的尽头。有的人死去了，就意味着永世的寂灭。有的人死去了，却意味着一种永恒和超越。他的生命会在瞬间抵达光明的彼岸！

　　瞬间与永恒没什么截然的界限。有的瞬间具有一种永恒的魅力，有的永恒凝结在一个短暂的瞬间。

　　面对这样一位先人，我总是无法缓和自己的呼吸，无法释放自己的惆怅和叹惋。

　　我相信，二爷的逝去便是一种超越。一种从生到死，从死到生的超越……

思绪飞扬在海边

海子，一位才华卓著，个性突出，棱角分明的年轻作家，诞生在了这样一个喧嚣纷乱的社会。带着对尘世生活的向往，对人间真情的希冀，他写下了不朽的诗篇——《面朝大海，春暖花开》。

在这首诗里，诗人描绘了他想象中的尘世生活：从明天起，做一个幸福的人，喂马，劈柴，周游世界；从明天起，关心粮食和蔬菜；我有一所房子，面朝大海，春暖花开。这是一种充满诗情画意的田园牧歌式的尘世生活，虽清苦却不乏浪漫。海子把"幸福"理解为生命得以自我呈现和自我满足的一种资源，生活粗朴，但是生命居于其中却能尽享自由快乐。诗人不仅自己享受着幸福，他还把自己的幸福传递给每一个亲人、山、河，甚至是陌生人，他希望每个人都能幸福地活着，他要让每一个世间漂泊的灵魂体验到幸福，他希望这个世界成为真正的"幸福家园"——"愿你有一个灿烂的前程，愿你有情人终成眷属，愿你在尘世获得幸福"。"我只愿面朝大海，春暖花开"，他把幸福的祝愿给了别人，而自己只愿独面大海，背对世俗。原来，那样甜蜜温馨的幸福只是为别人铺设的，却不属于他自己。最终，海子把自己隔绝到了尘世生活之外，诗成后两个月,他便抑郁自杀,结束了年轻的生命,告别了滚滚红尘。 一颗耀眼的星星陨落了,深深地叹惋之余,是冷静的思索。

耳畔似乎又响起了大海的声音,那雪白的浪花仿佛又一次打湿了我的衣裙,飞溅在礁石上。又听到了海鸥的吟唱,海浪的低语。神秘的大海啊,多少次使我的血脉为之跳动,让我的思绪无限飘飞。

俄国伟大诗人普希金曾经为它写下壮美的诗篇——《致大海》,在诗中,他歌唱到:"再见吧,自由奔放的大海! 这是你最后一次在我眼前,翻滚着蔚蓝的波浪,和闪耀着娇美的容光。"在诗人看来,大海以自由奔放展示着它动人的美,它时而寂静,时而温顺,时而反复无常。大海成了自由精神的象征。"我要把你的峭岩,你的海湾,你的闪光,你的阴影,还有絮语的波浪,带到那静寂的荒漠之乡",诗人在抱负不得施展,找不到自由栖身之地时,最终并未消沉,而是充满无限的激情和斗志,把大海的精神永久地灌注在了自己的灵魂里!

同样地面对大海,海子和普希金所看到的是不同的。海子眼中的大海空灵秀美,隔绝尘俗,在他的诗篇里,我们读懂了于浑浑噩噩的尘世中挣扎着苦寻宁谧安详幸福之土的痛苦灵魂在安静地哭泣,那种安静里透露着无奈,那种博爱里折射出凄凉。被一件件俗事困扰折磨的海子,最终没能跳出心灵的苑囿和藩篱,选择了一条冰冷孤寂的不归路。就这样,当人们想再次瞻仰他耀眼的光芒时,已无从寻起,留下的只是无尽的叹惋和伤感……

而普希金眼中的大海是那样的波澜壮阔,惊世骇俗。它有着顽强不屈的生命力,宽广博大的胸怀和自由奔放的性格。它无私地把娇美和温情展现在世人面前,把放纵和执著张扬在浩渺宇宙里。他把多面化的大海形象立体而丰富地描摹出来——既柔美娇羞,又勇敢震撼。在他的诗歌里,我们感受到一位历经磨难却笑对生活的诗人坦然博大的胸襟和情怀;我们感受到了在苍凉的世界中,黑暗的国度里,依然傲岸顽强地迎接生活挑战的勇士那颗火热跳动的心! 只要太阳不死亡,大海不枯竭,那坚强的心就永远不改变! 普希金的诗,让人热血沸腾,激情满怀!

可是,海子最终也没能真正领悟到大海的精神——保持本性,搏击生活,挑战命运！海子，你现在是否感觉到了孤寂，在那个冰冷的世界里，不见阳光，没有温暖，更失去了生命的意义。我想，你现在一定在懊悔，如果再给你一次选择的机会，我相信，你一定会选择珍惜！飘在脸上的愁云也应早已散去！因为你看到了世界上除了有黑暗更有光明；生活中除了有无奈更充满乐趣。你也一定看到了一个同命运赛跑的作家史铁生坐在轮椅上的坚毅！面对记者的采访，他坦然：对待折磨他的病痛的态度是"敬重"！"敬重"啊，听来是多么铿锵有力，掷地有声！他说，如果说是厌恶和憎恨，那将是自找苦吃，自讨没趣。只有勇敢地去面对，说不定还会有意外的收获，那就是对生命意义的理解更加深刻，也更懂得了什么是珍惜！

狭隘的思维和广博的胸怀会支配人做出不同的选择，拥有不同的情怀和面对人生的态度。就像对待秋天，有人看到的是秋的凄清阴冷，让孤独写满愁怀：杜甫登高而望，写下了"万里悲秋常作客，百年多病独登台"的名句，寄托了漂泊无依，壮志难酬的感怀和悲苦；白居易被贬江洲后写有《琵琶行》，其中有"浔阳江头夜送客，枫叶荻花秋瑟瑟"的诗句，瑟瑟的秋风传达出作者官场失意和人生磨难的无奈和惆怅。又有人看到的是秋的缤纷绚烂，辽阔高远：刘禹锡品味秋韵，吟出"自古逢秋悲寂寥，我言秋日胜春朝。晴空一鹤排云上，便引诗情到碧霄"的动人诗句，使人神朗气清；毛泽东更是居高临下，挥写出"独立寒秋，湘江北去，橘子洲头。看万山红遍，层林尽染，漫江碧透，百舸争流"的豪壮词句，使人倍感振奋！一样的秋天，却是不一样的情怀！当你带着一双明亮的善于发现的眼睛和一颗坚强从容豁达的心去生活时，相信，你的世界会更加精彩。

听，有个声音在告诉我们："黑夜给了我一双黑色的眼睛，我要用它寻找光明！"大海依旧翻滚着波浪，祝福着每一个顽强不屈的灵魂……

人间仙境——黄山

　　最早见黄山是通过电视画面。巨浪翻滚的云海、嶙峋兀立的怪石和形态各异的奇松完美地契合，令人震撼，使人动容。明代旅行家、地理学家徐霞客两游黄山，赞叹曰："登黄山天下无山，观止矣！"又留"五岳归来不看山，黄山归来不看岳"的美誉。于是，黄山成为我一个美丽而神奇的梦，一直萦索缠绕了我多年，直到今年的国庆节，这个梦境变成了现实。

　　导游介绍说，黄山位于安徽南部，古称黟山，唐改黄山，今属黄山市，横亘于黄山区、徽州区、歙县、黟县和休宁县之间，南北约 40 公里，东西约 30 公里，风景区方圆 154 平方公里，总面积约 1200 平方公里，号称五百里黄山。莲花峰、光明顶、天都峰三大主峰都在海拔 1800 米以上。黄山风景区被誉为国之瑰宝、世界奇观，同长江、长城、黄河一样已成为中华民族壮丽山河的徽记和象征，并以奇松、怪石、云海、温泉"黄山四绝"著称于世。

　　黄山之美，主要是美在它的奇松、怪石、云海。踏上黄山的第一感觉，就是群峰叠嶂，千峰秀美，入眼的山峰座座称奇，那份孤耸峰头的气势，总会让你不自觉地仰望。

那些韵味独特形态各异的怪石耸立在山峰的顶端,有的小巧玲珑,有的又似庞然大物,它们或如人、或如物,栩栩如生,活灵活现,飞来石,猴子观海,喜鹊登梅,鲤鱼吐珠,这些很有生命力的名字总能让人浮想联翩。

登上了光明顶,可以清楚地看到莲花峰。莲花峰是黄山三大主峰中的最高峰,海拔 1864 米,从远处望去,四周的小峰像花瓣般簇拥着主峰,犹如仙境天池中怒放的莲花,柔中有刚,妩而不媚,它那仰天绽开的气势,让我不自觉中就有了折服的微妙感觉。与它对峙的是黄山的又一主峰天都峰,海拔 1810 米,它巍然耸立,高擎如云,如一位威风凛凛、气势逼人的大将军,尽显阳刚之气。其他的山峰在他们面前俯首称臣、甘拜下风。这些大大小小、高高低低的山峰错落有致,连绵起伏,层层叠叠,蜿蜒绵亘,又有薄如蝉翼的雾气环绕在山峰之间,似轻纱,如飘带,缠缠绵绵,飘忽不定,宛若仙境,如梦如幻。难怪有诗云"壑远潭清水亦香,黄山缥缈惹仙藏"。大自然造化的力量真是神奇而又伟大,竟能生出如此灵秀、奇伟、曼妙之地。此时的我早已和这大山融为了一体,似乎化作了山涧的一棵小草,吸吮着天地日月的精华;仿佛变幻成空中一只飞鸟,翱翔在云锁雾绕的山岚。

到了黄山,一线天是必然要过的,登一线天的台阶很窄,宽度只能容下一个人,山体的坡度又很陡峭,黄金周游客很多,真是摩肩接踵,人山人海,队伍排得犹如一条蜿蜒的巨龙,挪动得十分缓慢。这样也好,给我们留足了休息和观景的时间。当我们登上一线天,置身山顶时,视线豁然开朗,俯瞰四周群峰,山色秀丽,景色宜人,当阵阵山风顽皮地从脸颊滑过时,心为之开阔,情为之感动,整个身心从内而外都透着清爽,那种登峰览景举目远眺的感觉,你不去身临其境,是无法体味个中滋味的。

玉屏峰在黄山的中心地段,置莲花和天都两峰间,海拔 1680 米。此处有个玉屏楼,背靠玉屏峰,前拱文殊台,左有狮石,右有象石。众人皆知的迎客松和送客松便在狮石和象石前,两棵神态各异的松树就似两个修炼的道人,带着仙风道骨的神韵,打坐在各自的宝位之上。迎客松是黄山的一大胜景,它破石而长,枝干遒劲,形态优美,寿逾千年,为黄山十大名松之冠,其一枝伸出,恰似好客的主人伸手迎接八方来客,故名迎客松。迎客松周围峰入云海,风光奇美,"云以山为体,山以云为衣",令人陶醉,徐霞客称此为"黄山绝胜处"。

立在山顶举目远眺,山谷里成片的松林在山风的呼号中镇定自若,它们战胜外部环境的恶劣,以自己特有的生存方式陪伴着这里的山峰怪石,每时每刻彰显着自己顽强的生存魅力,为山峰涂抹了色彩,为奇石增添了灵性。"咬定青山不放松,立根原在破岩中,千磨万击还坚韧,任尔东南西北风。"想起郑板桥的诗句,感觉放到黄山的松树上也很贴切。在黄山到处都可以看到这样的松树,它们屹立挺拔、不屈不斜,有垂柳之秀丽,却无它的娇娆;有白杨之挺拔,却无它的单调;有梅树之清高,却无它的羸弱。这些松树正是黄山的灵魂,失去了它们,黄山就会黯然失色。

黄山集名山之长。泰山之雄伟,华山之险峻,衡山之烟云,庐山之瀑,雁荡山之巧石,峨眉山之秀丽,黄山无不兼而有之,可以说无峰不石,无石不松,无松不奇,让人叹为观止,难怪被称为"天下第一奇山"。

走在黄山松树野花遮阴的下山小路上,温暖的阳光从树的缝隙间洒下来,道边灌木丛生,藤蔓缠绕,置身这如诗如画的丛林间,感受这山林苍翠的风貌,一种恍如隔世的感觉悄悄涌上心头。而那些在陡谷悬岩路边怒放的野花,则给这幽静的山谷带来一抹绚烂的色泽。

这次旅行唯一感到遗憾的是,没有能够看到壮观的黄山云海,因为一年中只有50多天能看到这奇美的景观,需要在低温高压的气候条件下才能形成,而国庆节这天,阳光明媚,气温相对较高,一般不会产生云海。我想,我还会再到黄山的。为了那梦中的云海,为了寻找那超脱世俗的宁静。

孤单的花朵

武夷山水歌

下了火车,到达武夷山已是凌晨了。天色微明,大巴穿行在山与山之间,环绕在四周的,都是苍翠的青山,缕缕的云烟从青山深处升腾起来,宛若天上仙女遗失在人间的缎带,围绕着群山飘舞。那云烟深处,可有神仙的踪迹?这里的山通体都是一块巨大的石头,并且形态各异。人们依据它的形态特征为她命名,如大王峰,玉女峰,玉柱峰,象鼻锋,鹰嘴峰,天游峰等。大王峰膀大腰圆,威武强悍;玉女峰亭亭玉立,瘦俏细佻。

相传古代有一大王,爱上了武夷山九曲溪边的一个漂亮的妹子,他们经常来溪边幽会。一个巫婆知道了,非常嫉恨,就在他们中间放置了一块巨大的石头。现在你从九曲溪漂流而下,就可以看到左岸的大王峰和右岸的玉女峰隔溪而立的情景,虽然相距不远,但有座山峰耸立在他们中间,使他们不能顾盼传情。听划筏子的姑娘说,玉女峰代表了武夷山的美,武夷山的广告,宣传画,光碟和土特产的包装袋上都可以看到玉女峰的窈窕身姿。我们从玉女峰脚下经过的时候,殷红的霞光映射在玉女褐红的肌肤上,使她显得更加俏丽多姿。背后衬托她的是青翠的山脊,头顶漂浮着几朵赤红的云霞。清澈的溪水将这些全部倒映水中,天地相融,红光闪闪,流金铺银,碾翠镕碧。那情景是很难用语言来形容的,若想体验那美妙奇特的快感,只有亲自来到武夷山的九曲溪中,才能有所享受。

第一眼看见九曲溪的时候,我便惊讶于她的美了!

苍郁青黛的群山,拥着一弘碧绿的水,逶逶迤迤,一曲一弯地沿着山绕过去,十分幽远深邃。

水湛绿而有光泽,光滑细腻,如一条碧玉带,环绕在群山之间。

我们上了竹筏,顺流而下。此时,山间的晨雾还未散尽,远处的青山依然隐在朦朦胧胧的云雾中。两岸的河滩上,都是一大片一大片的鹅卵石,树的枝叶在风里微微地摇着。

一座座山迎面而来,岩石都是黯黑的黑红色。武夷山是丹霞地貌,外露的岩石都是黑红色。只有山顶上,苍郁一片,长着苍翠的树木,有不知名的虫儿唧唧叫着,声音婉转动听,像是一首自然流淌的歌。

筏工讲解着沿途的风景:孔雀开屏、狮子山、乌龟下水、象鼻岩、青蛙山、玉女峰……无不惟妙惟肖,结合着一个个美丽的神话故事,更是别有一番滋味。

坐在竹排上,清凉透澈的溪水在脚背上缓缓地漫过,几缕阳光拨开厚厚的云层,投射在水面上,泛起粼粼的波光。我们仿佛是穿行在一幅巨大的水墨山水画之间。

我想,在这样一个山清水秀的地方,如果能和自己所爱的人,结庐而居,过一种隐居的生活,那一定是快乐的。不会想起世间的忧愁,眼前的碧水、丹山,天上的蓝天、白云,可以让我们的心情清澈如水。

九曲溪,九曲十八弯,竹排在溪水中轻轻地漂流。抬头,是两岸的青山,俯首,是碧绿的水,侧耳,溪声潺潺,真是美丽异常,快乐异常啊!

古人说,水皆缥碧,温润如玉,素湍绿潭,泂清倒影,日光下澈,千丈见底,水中游鱼,往来翕呼。用来形容武夷山的水是一点也不过分的。特别是当你乘坐竹筏顺流而下的时候,时而浅水哗哗,时而碧水凝脂,你可观奇石以寻趣,眺青山以悦情,那种心境实难用语言来表达。

面对武夷山的水,潜藏在我心中多年的梦突然醒了。青山碧水,山水相绕,清纯自然,没有一屑尘埃,没有半孔乱音,人在筏上,随波逐流,任意东西。这是古代贤士仕途失意,纵情山水时所追求的理想境界。我虽没什么失意的,但对山水的热爱恐怕和他们有一样的情怀,今天我的同伴中被武夷山的水所陶醉的恐怕不止我一个人吧。

武夷山,人称奇秀甲于东南,而其中的天游峰,更是有着"桂林山水甲天下,不如武夷一小丘"的美称。

天游峰,在"五曲山高云气深,长时烟雨暗平林"的九曲溪第五曲的位置。山脚下是一大片碧绿的草坪,几丛高大的竹子,在草坪中拔地而起,十分好看。

走近天游峰,迎面是一块如刀切、似斧劈的巨大岩石,这是武夷山最大的石头,宽约1000多米,高约500米,称为"晒布岩"。据说,每逢暴雨的时候,山顶的溪水直冲而下,整个大石上就布满了瀑布,远望,像正在摊开晾晒的白布一样,故称"晒布岩"。

天游峰山势极险,极峻,上山的路,是在山石上一级级地凿出来的,只容一人通过。共有800多台阶。导游开着玩笑说:"到武夷山爬山,有句俗话叫做'上山气管炎,下山关节炎,不上不下脑膜炎'。"山势之险,攀爬之累,可见一斑。

经过汗流浃背的一番努力,我终于爬上了山顶,凉爽的山风吹来,顿觉一身轻松。

站在一览台上,倚台极目远眺,武夷胜境尽收眼底。周围层层叠叠的青山拔地而起,秀丽奇伟,众星捧月般环绕在天游峰附近。山岚飘忽,云海苍茫,蔚为壮观。

澄碧的九曲溪,在山与山之间绕行穿流,山回溪折,映着群山的倒影,好一片美丽的风景!

秀丽柔美,清碧纯净的武夷山水使我们领略了自然造化的妙笔神韵,而品味武夷岩茶则让我们的武夷山之旅增添了醇香的回味和长久的怀恋。

说起武夷岩茶必定要说大红袍。大红袍是武夷岩茶中的珍品,相传清朝年间,有一秀才进京赶考,在武夷山昏倒于地。一老和尚见了,将其背到寺中,捋了一把树叶给他煮茶喝。秀才喝过后,顿觉神清气爽,精神倍增。后来秀才进京考中了状元,遂回武夷山答谢老和尚。老和尚说是武夷山的茶树救了他的命,这秀才就爬到悬崖绝壁上,将红色的状元袍披到了那棵神奇的茶树上,于是这棵茶树就叫大红袍或者状元袍了。现在大红袍茶树只有三棵，生长在清凉峡的山壁上，每年只摘四五百克。一般人是很难喝上的。现在经过扦插或播种栽培的二代三代大红袍很多了。

我们跟着导游来到一个茶庄，登上一户茶农的二层小楼。在一间素朴的房间里，靠墙摆放一圈竹制的椅子。椅子前放着褐红的茶几。进门的地方有一张略高的方桌，上面有一个黑色的茶壶，几个白色的小茶盅，红的绿的蓝的茶桶。一个细条俊俏的姑娘轻声软语地给我们讲解着茶经。姑娘说，第一遍茶不能喝，要用茶水把茶碗洗一洗倒掉，这叫洗茶。武夷岩茶非常醇厚，可以冲沏五六遍。品茶前，要先会闻茶。打开茶桶，先低下头闻一闻，一股浓郁的香气就扑鼻而来。然后你撮一些紫黑的茶叶放在掌心，呵上一口气，再用鼻子闻一闻，就会觉得一股香气贴着你的脸颊轻轻飘过。沏好的茶不要急着去喝，先端起茶盅闻一闻，蒸发的热气中弥漫着清醇的香气，一直沁入你的肺腑，使你的整个灵魂都漾溢在一个透明纯净的境界里，诱发出一种强烈的渴望来。这时，你看到白色小茶盅里的淡黄并透出少许绿意的茶水，会更加珍惜和怜爱。你就轻轻地啜上一小口，不要急于下咽，让它在口腔里滚动几下，那茶水立刻变成了千年的醇酿，细腻而滑润，微苦而芳香。此时，茶水熨贴着你的喉管，清爽而飘逸。最后，你长出一口气，那口气就满含着无数的小香珠，在房间里弥漫开来，这就叫满屋飘香吧。

你这样细细地品过武夷岩茶和武夷山水么？

梦里水乡

自从六年前一睹锦溪水乡的芳容，便被她深深地吸引了。

潺潺的流水不含半点尘杂，古朴的老屋没有一丝雕饰，斑驳的小桥书写着历史的印记。迎接我们的还有江南那特有的缠绵雨丝，像是倾诉着满怀的心事。

小舟载着我们这些北国来客，轻轻飘摇在软软的水路上。烟雨中的水乡更富神韵，她似含羞的妙龄少女，宁愿着一袭面纱，把自己的娇颜隐藏起来，可是越是含而不露，越是显得妩媚动人，清新别致。烟雨中的水乡更似一幅水墨画，朦胧的，写意的，氤氲着沾满灵性的诗意。

静静地斜倚在船上，听着那如琴声般悦耳的雨音，是那样的流畅和谐，便觉那是真正的天籁之音，纯净而悠扬。那流动的音符，跳跃的旋律，久久地萦绕在耳边，麻醉着我的感官和神经，于是我的灵魂在褪去了尘俗之后，便随着这动人的旋律一起跳跃，一起舞蹈，沉浸在江南烟雨的宁谧里。

"未老莫还乡，还乡须断肠"，韦庄一语道尽无数人对江南刻骨的留恋。正是那次从水乡回来后，我的魂便被旖旎秀丽的江南牵绊住了。多少次在梦中与水乡缠绵悱侧，多少次在梦中与水乡缱绻难分。我就像一个与江南失散的孩子，日日思念着，夜夜牵挂着，于是我的文字里总流淌着一股江南的味道和气息。总觉得自己上辈子一定是家居江南，要不今生为何总对江南情有独钟？

终于又一次来到了水乡，又一次被那流动着诗意的美感动着。尽管脚步有些匆忙，但却有着格外的欣喜与激动。

乌镇，是中国六大水乡古镇之一。曾经是两省三府七县错壤之地，自古民物繁缛，甲于他所；钟灵毓秀，人才辈出。千百年来，民居临河而建，傍桥而市，水阁、廊棚无不透出水乡悠悠的韵味和风情。

落地乌镇的刹那，被纷繁和嘈杂侵蚀的心开始在古朴与灵秀中轻舞飞扬。古色古香的民居，曲径通幽的石板路，小桥流水，垂杨绿柳……

悠悠流水载不走昨夜小楼的影子，浸染了明清风格的雕栏木刻仍静静守候着历史的沧桑，石板桥在脚下弯弯曲曲由远古向未来延伸，我静静伫立，用心感受，彻底放松的情怀在小镇的古朴灵秀、恬淡宁静中畅快淋漓。

乌镇古风犹存的桥是一道独特的风景。这里的桥秀气小巧，在古房老楼、河边垂柳、晚照夕阳的映衬之下，神态是那样安闲自在，我不禁想到"画桥依约垂杨外，映带残阳一抹红"的诗句，便觉不是站在桥上，而是站在画中，自己居然也成了画面的一部分。脚下那厚重平整的石块桥面，明显带有岁月的沧桑，漫步桥上，分明感到悠远的历史在脚下流逝。

乌镇随处可见的木屋尽显自然淳朴的永恒美丽，那矮矮的房顶，高高的门槛，滤去了游人心中的尘俗。小小的木屋内，别有洞天，各种木雕、玉雕工艺店，印花布作坊……

古镇历来民风优雅，重学尚文，这里有文坛巨匠茅盾的故居。先生当年的书斋是一道独具魅力的风景，俭朴的陈设，浓浓的书卷气感染着一个又一个游人。

古镇的老屋里依然住着怀恋故土的人们，他们大多是老年人。如织的游人并没有打乱他们的生活，他们有的在做针线活，有的在打牌，有的在聊天。小楼的窗外，晾晒着床单和洗好的衣物，它们在竹竿上慵懒地做着秋日长梦。

看不尽的古镇风光,读不完的古镇文化,理不清水乡情怀,感动着所有的游人。

这古镇在喧嚣的世界中独守淡泊,仿佛世外桃源,置身其中,久居俗世的身心也有了款款柔情,可是那柔情的背后是我的留恋和不舍。

再见了,江南。再见了,我梦中的故乡。你的一草一木,一屋一桥,一石一瓦,都将永远铭刻在我记忆深处。

我的大海情结

（一）

轮渡上，人们起得很早，生怕错过了看海上日出的大好时机。东方刚刚鱼肚白的时候，甲板上就站满了人。海风轻轻地掠过耳畔，几只海鸥在头顶上方盘桓，不时地欢快鸣唱着，这茫茫的大海就是它们广阔无边的家！诗圣杜甫的名句"飘飘何所似，天地一沙鸥"，借海鸥的形象表达了自己年老无依，四处漂泊的凄楚命运，其实在我看来海鸥的生活倒很惬意，自由翱翔，无拘无束。

轮渡由于身体笨重，在海上的航行速度不是很快，但它依然能扬起千层浪，那浪便在蓝蓝的海面上飞花碎玉般激荡开来。这时，东边的天空出现一片淡淡的霞光，哦，太阳就要出来了。"太阳要出来了！"不知道是谁先喊了一声，接着人们都兴奋起来，跟着狂喊"太阳要出来了，太阳要出来了！"不一会儿，橘红色的太阳从海里露出了小半个脸，就像种在海里刚刚发芽一般。天空比先前又红了些，亮了些，海水也渐渐开始变红，海天一体，蓝红相间。一会儿，太阳纵身一跃，将整个身子露了出来，天更亮了，橘红色的太阳变成了半透明的黄色,东方的天空和海域全被涂抹上鲜红的油彩,云朵也被镶上了美丽的金边,船上的人们被云气霞光包围着,照耀着,如痴如醉地沉浸在这浓墨重彩的油画中,先前亢奋的情绪不见了,全都缄默不言,暗自为这蔚为壮观的景象赞叹着。这时,太阳已经升离了海面,变得更加透明,亮得开始耀眼,海水在海风的推动下缓缓跳跃着,海面上便泛起了粼粼的波纹,金色的太阳倒影被分割成一片又一片,像被扯开的绸缎。

太阳渐渐升高,霞光退却了,海天又变成了原始的蓝色。一望无际的海面上多了几艘轮船,我们的轮渡有了伙伴,在苍茫的大海上便显得不那么孤单。海风依旧吹着,夹杂着海里咸咸的味道,在我的嗅觉里翻飞。

"寄蜉蝣于天地,渺沧海之一粟",置身大海,才觉得自己是如此的渺小,个体生命又是那么的脆弱。既然是渺小的和脆弱的,我们更应该好好去珍惜,努力使生命在渺小中张扬,在脆弱中奋发,就像为生存而不断同险恶环境和命运作斗争的海燕。

"海风轻轻地吹,海浪轻轻地摇……",耳边传来一阵美妙的歌声和动人的旋律,吸引了众人的目光,那是一位60岁左右的阿姨在深情地演唱,还伴有优雅的手势,她几乎没有注意到有人在欣赏她的演唱。歌声继续飞扬着,从她的神态我看出了这位老人昂扬向上的精神面貌和积极乐观的生活态度。甲板上所有的人都被感染了,跟着阿姨唱起来,歌声顿时汇聚成一片汪洋,烦恼忧愁、世俗名利统统被抛掉,我们只看到灿烂明媚的阳光和宽容磅礴的大海。

(二)

最有趣的事情是穿着短裤,光着脚丫,在沙滩上拾贝壳。天刚蒙蒙亮,吹着凉爽的海风,我们来到金色的沙滩。踩在软绵绵的沙滩上,感觉那样舒服惬意。经过涨潮后的大海在翌日清晨会显得万般宁静,任你在他还没有苏醒的时候踩在他身上打搅他,保证不会向你发脾气。睁开惺忪的睡眼,看着边嬉闹边拾贝壳的年轻人,他开心地笑着。这时,我的口袋已经被贝壳塞得满满的,大大小小,五颜六色,白的如珠玉,红的似玛瑙。最喜欢的是紫色贝壳,它淡淡的紫衣里总渗透出莫名的忧伤,总觉得在它身上一定发生过浪漫的故事,且有着凄美的情调。我小心翼翼地拭去它身上的尘沙,熹微的晨光里,显得那么神秘素雅。直到现在我依然珍藏着这些美丽的贝壳,看到它们,我就又捡拾回留在海边的美好记忆。

我不会游泳,可是我喜欢把自己浸泡在沙滩旁的浅水区,然后缓缓蹲下身子,轻轻用手拨弄着海水。尽管身体岿然不动,但别有一番滋味和情趣。因为此时我和海水融为一体,我仿佛是大海里一个不可分割的水分子,或者是大海里一条游泳游累的鱼,在静静地休息,享受着海风的爱抚,聆听着海浪的低语。

西落的太阳染红了大海,染红了我,也染红了渔人。满载而归的渔舟,向家的方向行驶,渔人黑红的脸膛上荡着幸福的涟漪。"渔舟唱晚,响穷彭蠡之滨",小舟上传来嘹亮婉转的收获之歌,虽然他们用的是方言,但可以听出那是汉子们发自肺腑的歌唱,那是富裕的渔民掩饰不住的喜悦。我也一起沉浸在这美好和幸福中。

大海的磅礴气势和宽容精神一直吸引着我,感召着我,如果一个人把自己的精神品格修炼得如同大海一样,那就做到了极致。所有尘俗和杂念都像鱼沙一样被他湮没在宽广的胸膛,展现出来的永远是积极向上的力量。当你疯狂浮躁的时候看看大海吧! 浩瀚无边的大海会让你冷静,个人的力量和作为即使再大,在他面前也会显得那样微不足道,面对他,你真的会"望洋兴叹"。当你自卑怯懦的时候看看大海吧!他率真勇敢、无私无畏,当林立的礁石妄图阻止他前进的脚步时,他就怒不可遏地倾尽全力向礁石拍打撞击,直到礁石败下阵来,俯首称臣。在我眼里,大海是当之无愧的伟丈夫,用他的坚毅和勇敢告诉你,世间没有什么值得害怕!

双桥

　　走进周庄,走进江南。一幅氤氲着沾满灵性的古典水墨画正徐徐舒舒地在我眼前展开。一对低飞的燕子从唐诗宋词中翩然而出,轻轻划过河岸边那些垂柳绿杨,掠过笼着柔纱般梦境的清澈河水,飞过斑驳着近千年历史的古房老屋的层层角檐,在轻烟薄雾里用它们婀娜的倩影舞动着几许柔情,几分缠绵,几多诗意。

　　数只小舟载着船娘的吴侬软语从座座小桥穿流而过,河水便荡起如诗般的层层涟漪。摇橹声,水流声,歌唱声在丝丝袅袅的薄雾里缠绕成绝美的音符,在我耳边飘来荡去,我便沉浸在这如痴如醉的诗画里。

　　我惊诧于周庄超凡脱俗的美。这便是我梦中的故乡,灵魂的归所。而当我望到双桥的那刻,更是被它的奇巧和独特深深震撼了。

　　此刻,我就站在双桥之上,凝望着那对飞来绕去后停落在石栏上的燕子,聆听它们啁啾呢喃着爱的心曲。

　　双桥。双燕。这两双意象,在无声或有声中,在这特定的环境里,居然一同唱响了成双的旋律,浑然成一副和谐温暖的画面。

我沿着沧桑的石阶，从桥上缓步走下。站在被时光和岁月打磨得油光发亮的石板路上，朝着双桥凝视。桥一为东西走向，桥洞呈圆形，一为南北走向，桥洞呈方形。两桥从桥端紧密相连，整体看上去，像极了古代钥匙的形状，所以双桥又称钥匙桥。

而它成为打开我思绪的一把钥匙，让思想幻化成一方轻舟，在碧水之上任意漂流纵横。

在我看来，那双桥就如同一对从历史烟尘中走来的恋人，他们用不朽的躯体，古老的身影，为我们讲述着一个亘古不变的爱情传奇。

我惊叹着造桥人的伟大创意。这创意也许来自他亲历过的一场刻骨铭心的爱情。是现实中的美满造就了他的奇思妙想，还是现实中的孤独成就了他的别出心裁？而我的猜测更偏向于后者。那双桥或许是他与相爱却不能相守的恋人的完美化身吧。方和圆是对阴阳异性的最好诠释，有着方形桥洞的那座是他自己，厚重踏实，强劲阳刚；有着圆形桥洞的那座便是他的恋人，亭亭玉立，纤秀娇巧。他们相依相偎，同心携手，用灵魂坚守着这方爱的水土，跨越千年之久。他们一路同行，从清晨走向日暮，从月缺走向月圆，从风雨走向彩虹，从远古走向未来。

他们就站在那汪碧波之上，水便是他们忠贞爱情的见证。他们心有灵犀，静默无语，他们互相凝视，两不生厌。他们无论是在黎明朝霞里，还是在夕阳晚照中，无论是在风霜严寒里，还是在酷暑骄阳下，总是挽手并肩屹立出千年不变的爱的姿态，令人动容。

双桥，或许是孤独的造桥人用自己对爱的无限憧憬，对恋人的一片痴情，以磐石铸成的一对抚慰灵魂的爱之桥。

由这成双的意象，我又联想到前些日子在杂志上看到的图片上的两棵胡杨树。这两棵树的生长环境与旖旎秀美、舒润惬意的烟雨江南恰好相反。

碧云，黄沙，寂寥，旷远，干旱。

一盘浑圆的落日贴着沙漠的棱线，大地被衬得暗沉沉的，透出一层深红。托着落日的沙漠浪头凝固了，像是一片睡着了的海。

一株枯黑苍老的胡杨树迎着落日的余晖，弯曲如桥。

这株老树一定是经受了多年的铺天盖地的风沙侵袭，树身才弯曲成拱形，粗糙干老的树皮才渐渐裂开，裸露着淡黄色的肉体。它的根牢牢扎在地下，露出地面的须根就像老人手背上的青筋根根凸起。整株树上没有一片新生的叶子，给人以生命走到尽头的枯萎与苍凉感。可是，就在它如桥的身体外，一株亭亭的小树正沐浴着霞光茁壮成长。细长的树干上顶着金色的树冠，灿烂耀眼，异常美丽。

生命在轮回中得到新生，得以延续。那株小树就是老胡杨的后代。看，它们互相凝视着，在瑟瑟的风中用自己的语言和方式彼此传递着爱的信息。

老胡杨拒绝倒下，它倔强地用自己残缺的身体支撑着、屹立着，为它的孩子庇荫挡风，用它生命的最后一滴乳汁滋润养育着它的后代。

看着这样一幅凄美的画面，我的眼睛湿润了，不由得想起"5.12"汶川大地震中，那位年轻的母亲用爱构筑成无形的巨大力量，为宝宝赢得了生存的机会。在那个可怕的山崩地裂的瞬间，她同样把自己的身体弯曲成桥，平日里瘦小脆弱的身躯顿时变得坚不可摧，用精神的伟力顶住砸下来的一块块厚重石板。肉破了，血干了，她依然竭尽全力为小宝宝撑起宝贵的生存空间。

草木有情，人类有爱。那位母亲和那株老胡杨正是用自己的精神和躯体为他们的后代搭建起一座华美的生命之桥。

同样是两棵树，鲁迅笔下的那两棵枣树，和荒漠里的那两株胡杨却有着不同。

"在我的后园，可以看见墙外有两株树，一株是枣树，还有一株也是枣树。""最直最长的几枝，却已默默地铁似的直刺着奇怪而高的天空，直刺着天空中圆满的月亮，使月亮窘得发白。"这是鲁迅散文《秋夜》里关于枣树的描写。

这枣树简直就是作者精神品质和人格力量的化身，是在凄冷暗夜里同各路鬼魅作斗争的勇士。

透过对两棵枣树的描写，我们似乎可以窥视到鲁迅孤独的灵魂。在寂寥空旷的暗夜里，鲁迅的呐喊声响彻宇宙，他倾尽全力在唤醒麻木的国民，他抛出一件件犀利的武器刺向反动者。他多么渴望身边有一个同他并肩奋斗的战友，那两株枣树或许就是他和想象中的战友的化身吧。

可是,他终其一生也几乎没有找到另一株"枣树"。

他常讲"世上本没有路,走的人多了也便成了路",他就是一个在没有路,在荆棘里,在黑夜里,勇敢地闯出道路的猛士。可是敢于陪伴他在那险象环生的境地里走路的人几乎没有。

他常常把自己的思想放逐在独立精神的天地里面,放逐在高远的红尘之外。只有在那里,你才会感受到他孤独的内心,看到他孤立的身影。他在《呐喊》自序中写到"走异路,逃异地,去寻求别样的人们",这几乎反映了他内心孤独、苦闷的索求历程。

"猩红的栀子花开时,枣树又要做小粉红花的梦,青葱地弯成弧形了……"他孤苦着,然而却又不断梦想着,那弯成的弧形许是他渴望的从梦想通向现实的一座光明之桥吧。

一阵清脆的燕鸣打断了我那关于"双"和"桥"的漫无边际的遐想。不知何时,空中已横斜地飘起小雨,凉凉的雨丝裹着春的芳香滑落在我的脸上。

撑开一把花伞,伞下的江南便多了一份宁谧和幽雅。薄如蝉翼的淡淡雨雾将这古镇变得更加朦胧,更加凄迷,在半明半晦间缭绕着无尽的诗意。还是那对燕子吧,它们又一次飞过双桥,划过垂柳,掠过我潮湿的双眼,消失得无影无踪。

朝双桥望去,一对年逾古稀的老人正互相搀扶着行走在绵绵细雨中。从他们会心的微笑,温暖的眼神,你可以捕捉到什么是幸福。在人生的风雨历程中,他们不知携手走过了多少路,跨越了多少桥,才有了如此的惺惺相惜和恬淡从容……

别了,双桥。离你而去时,我是那样恋恋不舍。你与那清雅飘逸的江南古镇一同印染成一幅最动人的画卷,雕刻在我永久的记忆中。

读山品人生

　　梦中时常浮现出屹立挺拔、巍峨壮美的高山形象。有人说:男人不能不看山,读山可以懂得坚持与冷静;我说:女人不能不看山,读山可以懂得独立和韧性。而男人和女人都要去登山,因为登山可以品味征服和战胜。

　　怀着对山的崇敬,我来到了以险著称而富有传奇色彩的西岳华山。当时,正值阴历三月,春暖花开。欢快的鸟儿时而飞向无云的晴空,时而站在枝头吟唱啁啾。山脚淙淙的溪水,仿佛在向人们倾诉着它对大山的依恋和尊崇,默默地用自己的灵性和生命装点着雄伟的高山,唱着属于自己的歌曲流淌着,将山和水完美地契合着。

　　借助着高科技的结晶——缆车,我们登上了华山的北峰,距离目的地西峰——莲花峰,大约还有近五百米的海拔高度。莲花峰是一块完整的巨石,因石叶如莲花瓣覆盖峰顶而得名。它浑然天成,西北临空,绝壁悬崖如刀削锯割,令人望而生畏。它像一位沧桑而睿智的老人傲视鄙夷着世俗的一切。遥望通向莲花峰的必经之地——苍龙岭,只见游人像一条细长的线, 在陡峭得几乎和地面呈九十度角的山身上缓慢地移动,朝着金锁关(也是上西峰的必经之地)的方向进发。据说山路仅宽一米左右,我们看到两边是万丈深渊。传说唐代著名文人韩愈登至苍龙岭吓得号啕大哭,把随身带的诗稿和与家人诀别的遗书一起丢下崖去,至今崖上还刻有"韩愈投书处"诸字。此时,我的心不禁颤抖了,但是一个声音立刻在耳边响起:你胆小了,退缩了!看那些挂杖攀登的六旬老人,你还退缩吗?于是我鼓足了勇气,朝着那奇崛的西峰攀缘前进。

一路上,尽管人们互相鼓励,但还是有不少的归去者。在壁立千仞的高山面前,我也几次瑟缩发抖想低头认输;在万丈悬崖的边缘地带,我多次不寒而栗想俯首称臣。但是,意志坚强的我最终战胜了意志薄弱的我。当我拖着沉重疲乏的身躯登上顶峰时,我突然觉得浑身轻松了!我感觉自己像个巨人一样将高山踩在了脚底。我向蓝天白云高呼:我战胜了自己,征服了高山,我成功了!这声音久久回荡在空幽的山谷中,回荡在我难以平静的心怀里!

站在山顶,极目远眺,四周群山起伏,云霞四披,周野屏开,黄渭曲流。现在我真正体会到,孔子为什么会有"登东山而小鲁,登泰山而小天下"的感慨;真正领略到杜甫诗中"会当凌绝顶,一览众山小"的豪壮气势。华山群峰耸立,尤其是五座主峰,环绕对峙,形态各异,高擎入云,都以其独特的姿态屹立于这方灵秀之地。此时,我仿佛看到了金庸笔下武林英雄们北峰论剑的刀光剑影;仿佛听到了善良勇敢的沉香劈山救母时惊天动地的声响。看,远处近处的奇松异柏苍翠挺拔,向人们展示着它们这些石缝间生命的顽强和不屈;清水甘泉如琴声悦耳动听,向人们诉说着它们不变的情怀和不改的品性。云就在自己的身边和脚下,我仿佛是乘鹤而来,游历到达这奇幻的仙境,远山近山都缥缈在了这云烟雾气里。难怪宋代著名隐士陈抟有诗云"寄言嘉遁客,此处是仙乡"。

"鸢飞戾天者,望峰息心;经纶世务者,窥谷忘返",置身此境,还有什么世俗的烦恼不可抛弃?还有什么庸鄙的思想不能丢掉?

"世之奇伟,瑰怪,非常之观,常在于险远,而人之所罕至焉,故非有志者不能至也",这是王安石游褒禅山的心得。登上华山,我领悟到这话的真正内涵。那些半途被吓倒的退缩者怎么会看到山巅的美景并体味到登山的真谛呢?若不是凭着顽强的意志克服艰难和险阻,我怎么能登上这险峻的奇峰?若不是凭着不泯的意志战胜怠惰和怯懦，我怎么能看到无限秀美的风景？

人，最大的敌人不是别人，不是外物，而是自己。对，就是自己为自己设置的心理障碍和壕沟。所以"志"很重要，当志向化为坚实的脚步时，你离理想就越来越近了。人生如山，山如人生。当你凭借着志向和毅力征服高山时，你就可以欣赏到奇绝的风景；同样，当你凭借着志向和毅力征服命运时，你就可以经历多彩的人生。

桃花巷传奇

　　每年的农历六月十三是内丘县北岭村的庙会。每逢庙会,香客摩肩接踵,商贩辐辏云集,人流拥挤,热闹非凡。庙在北岭村内,庙内供奉龙王。据说,最早北岭的龙王庙建于村南的桃花巷。

　　为何名曰"桃花巷"? 庙建于何时? 为何设于其中? 何时被毁? 当时的庙会规模怎样? 带着这些问题,我们走访了北岭村的长者。他们给我们讲述了关于龙王庙的古老传说。这不失为一笔了解旧时龙王庙的宝贵财富。

　　传说,五代时后周太祖郭威巡行至北岭一带时发现此地水土肥美,雨量充沛,清泉溪流、河水湖泊遍布。当时有民谣曰:一里三座桥,水比道还高。于是郭威认为此地定是龙王居处,回朝后就下旨命令在北岭修建龙王庙,以祭祀龙王,祈求风调雨顺,国泰民安,并拨发数万两白银用于建庙。地方官望着白花花的银两,起了贪心,就把大量的官银据为己有,只用了很小一部分在村南建了座很不起眼的小庙。正在得意之时,消息传来,皇上要来亲自视察工程的进展状况。这可急坏了地方官,欺君之罪加上贪污之罪,必死无疑! 他坐立不稳,寝食难安。要想尽一切办法阻止皇上到此巡查。绞尽脑汁,挖空心思,一条计策顿上心头。翌日,他派人在村南龙王庙周围的空地上栽了许多桃树,一片占地十余亩的桃树林凭空而起。迎驾之日终于来了。地方官换上朝服,率领车马早早迎候在村北数里之外。一见到皇上,磕头行礼,极尽奉承之能事。随后指着远处的桃树林禀告皇上说,"彼即为新建之龙王庙,庙堂高筑,气势恢弘,乃遵照圣上意旨而建。"皇上顺着所指的方向,果见一片青砖红瓦隐约在淡淡的雾霭中。皇上喜出望外,对地方官大加赞赏,并决意到庙中祭祀龙王。地方官赶忙说前方要经过一个鹞子岭。郭威一听圣心不快,因为传说他是雀儿所变,若过鹞子岭,不是自寻耻辱吗?这时恰好有十万紧急军情奏报,郭威便推说:"军国大事要紧,马上返朝。"故此,皇上所到的村庄称为"驾回北村",如今,村名尚用。

郭威所见到的青砖红瓦实乃桃树之青枝绿叶和红花,就这样,"聪明"的地方官欺瞒了皇帝。栽种桃花的地方自此叫做"桃花巷"。

到了元代,龙王庙经过重新改建,规模大增。因为此处为风水宝地,桃花巷东南和西南分别埋葬了元代重臣戎益和女都督王延敏,此二位皆系北岭人。《县志》记载:参政墓在桃花巷西南,元戎益墓也,有肃政廉方使者、治中、知州、推官、知县碑碣,翁仲如林。据说戎氏家族人才辈出,世代为官,在朝中势力非常大,人称"戎半朝"。原因归结为戎家祖坟占了好风水。朝中军师告诉皇帝如果不尽早平掉戎家坟,戎氏家族就会吞掉整个江山。皇上就派人到北岭挖断龙脉,他们夜以继日,挖地不止,但是半个月后仍然挖不到"正穴"。天子盛怒,说:"把地挖穿也要挖到!"后来挖到九百九十九丈时,忽听下面有人马嘈杂声,也有打造兵器声。这些人大惊,不敢再挖。后来一位风水先生说,龙脉不在地下,而在遍地桃花,如果把这些桃花连根拔起,龙脉自毁。于是官兵拔掉了桃花林。自此龙脉被挖断了。

传说当时的桃花巷为龙头,戎家坟和王家坟分别为龙之左右二爪,今冷水、小房冈、西邱一带为龙身。由桃花巷向周围辐射,形成了巨龙盘踞之势,人称"四十五里卧龙冈",地势平坦,道路开阔,推独轮车如走平地。桃花巷北有一眼泉水,常年有水不断喷涌而出,人称"龙池",传说泉水日盛,幸用一金辘轳将龙池泉眼堵住,否则会淹掉一府九县,后果不堪设想。而今,这座龙池依然存在,泉水却早已干涸,经历了岁月的砥砺和风雨的洗礼，如沧桑的老人，失去了昨日的风姿，成为了古老历史的见证。

据老年人回忆，于元代改建后的龙王庙坐落在桃花巷中，庙门南开，庙周围有百亩土地，庙东西约八丈，南北约二十四丈，院内悬挂一口大钟，口径二尺有余。庙内建筑古朴，全部为青砖瓦房构造，大殿三间，重椽飞檐，气势恢弘，殿内塑像神气十足，惟妙惟肖。东边为庄重威严的龙王，西边为慈眉善目的龙王奶奶，两侧各有两名威猛叱咤的站神，最侧为雷公和电母。殿内墙壁上是栩栩如生的壁画。

每年农历六月十一是庙会，周围十里村民携供品前来奉香赶庙，从早到晚，人流拥挤，殿内香烟缭绕，灯火辉煌，人们通过叩头、跑功、打扇鼓等各种形式祭祀龙王，祈求风调雨顺，全家平安和美。

庙外戏楼正对庙门。戏楼曲脊飞檐，高大突兀，每逢庙会，大戏演唱于戏楼，杂耍卖艺于街巷，观者如堵，水泄不通，鼓噪哄叫，一片沸腾，大街小巷，摊贩林立，茶水面食，一应俱全。周边的张沟、田庄、南岭、大丰等十几个村庄都招待客人。

我们采访的一位老人从小就随其父居住于龙王庙内，当时庙内的东厢房内居住了三户道士兄弟，他父亲和他大伯、叔父。老人的曾祖父和祖父也曾居住在庙中，他们是从山西洪洞县迁居于此的。

该庙于1940年被毁，其后庙会中断了数十年。2002年，在北岭村重建了龙王庙，只一间小平房，规模和气势远比不上被毁建筑。庙会也随着搬到了北岭村内。日期由原来的六月十一改成了六月十三。每逢庙会十里八乡的客人依然前来赶庙，庙会上生产用具、日用百货、风味小吃、布匹鞋袜，应有尽有，繁荣了农村的市场和经济。

值得一提的是，荒凉了数百年的桃花巷如今被栽种了万亩桃树，这是五郭乡大力推进农业产业化，发展农村经济的新举措。2007年还在这里举办了"桃花节"。这里成了名副其实的"桃花巷"。阳春三月，来到此地，放眼望去，桃花开得分外妖娆，上千万株桃树缀成粉红与雪白相间的花潮，沿着绿色的田野向我们眼前奔涌而来。那盛开的桃花像是一团团的火焰和云霞，映着充满生机的北岭大地。

走进扎尕那

我是带着一颗虔诚的心来拜谒这方圣土的。

从河北到甘肃兰州,几千里之遥,再从兰州乘车跨越三百公里的路途才能到达甘南藏族自治州迭部县的扎尕那。

途中,一进入甘南大草原,我的双眼便开始贪婪地追随着车窗外迷人的风景游弋,便不觉得路途遥远。连绵起伏、碧色连天的草甸仿佛天神编织而成的巨大绒毯,在高低之间蜿蜒出柔和的线条。太阳拨开厚厚的云层洒下不均匀的光,草原上便有了或明或暗的色泽。远望,成群的牛羊犹如一颗颗珍珠,安闲地游荡在那绒毯明暗交织的光影色泽里。草原上星罗棋布着大大小小的河流湖泊。逶迤曲折的河流便是淌在草原躯体里的血液,有了它,大草原就鲜活起来;莹亮剔透的湖泊便是草原眨动的眼睛,有了它,大草原就有了灵性。快看啊,一顶帐篷上方飘起了袅袅炊烟,是哪家的阿妈在生火做饭?酥油茶的香味儿似乎已缭绕在我的唇边……我的灵魂早已飞扬在广袤无垠的大草原。置身于此,谁都会产生飞翔的欲念,于是便羡慕那苍劲的雄鹰,也羡慕那激荡在天地间无比自由的风!

我已迷醉，却不知，这景致才刚刚为我们拉开序幕。

落地扎尕那的瞬间，我感动得落泪了。我的灵魂被深深地震撼着。我一直觉得我是在梦中游览扎尕那的，因为我总是难以相信世间会有如此胜境。当我进入扎尕那巨大石门的那一刻，我就一脚迈进了一个圣洁的神话传说中。

扎尕那不仅是中国的骄傲，亦是世界的骄傲，更是神——涅甘达哇的骄傲！当天空一片混沌，当大地一片荒芜，神怀着他那素有的悲悯之心，怜爱地扬起他的拇指，就那么轻轻一"摁"，便"摁"开了变幻莫测的迭部。迭部，便在惊鸿中出落得如此华美绝伦，惊世骇俗。扎尕那，便是神呈送给迭部最珍贵的礼物，一方"石匣子"里漫溢出无限的风姿绰约，一座"石城"里游弋着太多的摄人心魄。难怪植物学家、人类学家约瑟夫·洛克在数次考察迭部之后，发出了这样的感慨，"我生平未见如此绚丽的景色，如果《创世纪》的作者曾看见迭部的美景，将会把亚当和夏娃的诞生地放在这里。"这发自内心的感慨恐怕是对扎尕那最为精当的评价了。

"扎尕那"是藏语，意即"石箱子""石匣子"，清代诗人陈仲秀有诗云，"迭山南望白无边，雪积遥峰远接天"，形象描绘出迭山的连绵起伏，恢宏伟峻。扎尕那，是一座由天然岩壁构筑而成的完整石城，平均海拔 3700 米。石城的正北方向是奇特的光盖山石峰，层层叠叠，千姿百态，高耸入云。岩石呈灰白色，寸草不生，当阳光洒落在石峰之上，反射出一条条彩色的光芒，那光芒奇幻多姿，如系在仙女腰间的丝绸飘带，而山石也因此变得更加透亮，好似一块块无暇的白璧，熠熠生辉。石城东面也是耸峙挺拔、壁立千仞的高山，南面两座石峰如刀削斧劈，拔地而起，相峙并立成森严的石门。石城三面环山，城内地势高低不平，起伏跌宕，林木葱茏，草原似锦，白龙江的支流益哇曲蜿蜒而过。几个比较平缓的山包上坐落着四个村庄，分别叫达日、代巴、业日和东哇。村子里，依山就势，建有藏式木制榻板房，座座排排，鳞次栉比，在雪山绿松的映衬下，显得那样古朴自然，秀美典雅。房子外面，码放着一堆堆整齐的柴禾和原木。家家户户都有高大的架杆，密密麻麻布满了村庄，用来晾晒青稞和草料。此外，村中还遍布着五彩的经幡，迎着风飒飒飘扬，那是藏民用来祈福和避邪的。村庄周围是一片一片的青稞地，油绿油绿的青稞苗正沐浴在柔和的晨曦中。

这是一幅浓淡相宜的水墨画,是一首清新别致的散文诗,是一曲壮美与柔和相融的交响乐。

这才是真正的世外桃源。明净恬淡,一派祥和。这可是几千年来,多少文人墨客梦寐以求的灵魂栖所啊!没有名利纷争,没有世俗烦扰,没有喧嚣杂乱。耳目之所得皆可怡情养性,陶冶情操。你可以毫无顾忌地躺在草地上打滚,你可以站在山石上振臂高呼。你可以什么都想,也可以什么都不想……

抬头仰望,发现云渐渐变成了淡青色,天空也跟着蒙上了一层灰纱,云层堆积得越来越多,越来越厚。天空顿时暗沉了下来,仿佛低过树顶,伸手可触。不一会儿,雨点便刷刷地落了下来。我想那雨水一定是神——涅甘达哇流下的幸福而骄傲的泪。那一滴又一滴晶莹的泪珠,偎在浓云的肩头,躺进清风的怀抱,飘飘斜斜,洋洋洒洒,穿越数百万年历史的烟尘,融进扎尕那这方圣土。那清莹的泪花,迷离了峭拔险峻的奇峰,洗绿了浩如烟海的草原,擦亮了玲珑洁白的帐篷,温暖了藏民心中那盏古朴虔诚的灯。

不一会儿,神抹去泪水,绽放笑颜,天就放晴了。原来低沉的天空变得辽远开阔,一尘不染。蓝,像一个个小精灵,驱走阴霾,飞满了整个苍穹。于是,天空蓝得像一面耀眼的镜子,一照就能照见万物的灵魂。山石是愚痴的,峭峰巉岩拉起天然的巨大环形屏障,巍峨高耸,直插云霄,一千年,一万年都横亘在这里,如此坚守;花草树木是多情的,茂密的原始森林以山为伴,犹如天神撒在迭山上的块块宝石,青翠碧绿,璀璨光鲜,而草原便是扎尕那穿起的飘逸长裙,美丽的格桑花是绣在裙裾上的朵朵神花,她们用身姿和魅影无私装点着这方土地,那样专一;溪水河流是圣洁的,清凌温润,淙淙流淌,碧嫩如玉,素洁如绢,那婀娜逶迤的身体里闪耀着洁白明澈的灵光,多么纯然;鸟儿是奔放的,扇动着丰满的羽翼,放开喉咙纵情歌唱,撒着欢儿地追逐嬉闹,忽而,振翅冲向高空,穿越白云,那么自由。而我呢?我或许愚痴如顽石,为着自己那遥远的梦想而苦苦坚守,不离不弃;或许执著如草木,用那份绿意渲染着生命的盛开。我渴望自由如飞鸟,可又总苦恼着摆脱不了一些世俗的牵绊;我希冀纯美如清溪,可又无奈归于俗世后的满地尘埃。

那么就让我在这神话世界的明净和澄澈中变得无所顾忌、放浪形骸吧！

　　美丽的藏族姑娘为我献上了洁白的哈达，那是采撷了远处雪山上的皑皑白雪纺织而成的吧？遥望雪山，如一位温柔的少女，周身披着无数条上天恩赐的哈达，用她那脉脉含情的眼睛朝这边注视着。飒飒的风声，一定是她婉转的歌唱了？我又听到了近处的歌唱，那是一位身着粉色藏袍的年轻姑娘，身上落满了彩霞，眼睛清澈得似那迷人的尕海湖，弯弯长长的睫毛犹如湖边水草般丰美茂盛。她的笑容很甜，直把人甜醉，一边唱歌，一边端起一小碗青稞酒递给我。那歌声婉转悠扬，袅袅动人，是真正的天籁之音，"祝愿远方的朋友，吉祥如意，祝愿亲爱的朋友，身体健康……"平时，我几乎滴酒不沾，是个典型的淑女。而那天，我被藏家姑娘的美丽和热情彻底感染融化了，豪爽得像个女侠，恭敬地接过小碗，仰头，将酒一饮而尽。酒便熨贴着我的喉管缓缓而下，甘甜醇香之气顷刻间驻满心田。然而，不胜酒力的我，立刻满脸红晕，走路也有些飘飘然了。可那是一种恰到好处的醉啊，微醺，迷离。一切的美景都跟着我醉了，变得更加奇幻，更加多姿。这时，层层的云雾在扎尕那宽阔的盆地里升腾起来，如纱似梦，悬挂在树顶，浮动在山梁，流散在谷底。湛蓝的天空上缀满了云朵，洁白如絮，一会儿盛开成朵朵白莲，一会儿翻滚成雪色的浪花，一会儿铺展成纤柔的纱幔。我周身的血液和细胞全都活跃起来，带有韵律地跳动着。突然觉得自己的肩上生出一对羽翼，我便乘着风儿，高翔于空中，飞上云端，飞向圣洁的雪山，真正体会到"浩浩乎如冯虚御风，而不知其所止；飘飘乎如遗世独立，羽化而登仙"的感觉，那灵魂是怎样的不羁和自由啊！

　　当暮色四合，皎月升空，篝火燃起时，我又沉浸在另外一种幸福时光里。健壮俊朗的藏族小伙和美丽多情的藏族姑娘围着篝火，伴着音乐，甩起衣袖，翩翩而舞。那音符和舞姿在阒静的草原上渐渐流动弥漫开来，与火光连在一起，与夜空连在一起，与大自然连在一起，清新脱俗，婉转迷人。这时，我想起古人的一句话："言之不足，歌之咏之；歌咏之不足，舞之蹈之。"舞蹈是抒发到极致的人体语言，不用开口就能让人领略到全部的含义和感动。我不是舞者，但喜欢舞者的行云流水和万方仪态，喜欢舞动中的空灵和飘逸，喜欢超越人体极限而表现出的至真至美的舒展与婀娜，它能给你带来视觉的冲击和享受。而我那天看到的是真正的歌者和舞者,领略到的是最纯粹的艺术。因为他们给你的不仅仅是视觉享受,更是那种"天人合一"而带来的心灵震撼。我懂得,只有他们才是大草原的主人和灵魂。我被一位藏族姑娘拉了进来,和他们一起快乐地歌唱,疯狂地舞蹈。一直唱到灯火阑珊,一直跳到山峰沉睡,一直狂欢到忘记自己是谁。

月亮已渐渐转西,如水的月光将人们都送回了家,而我却更愿意坐在河边独赏夜色。

皎洁的月光装饰了夜空,也装饰了河流和大地。夜空像无边无际透明的大海,安静、广阔,而又神秘,与水波微兴的河面接在一起。几颗星星如同海水里漾起的小火花,闪闪烁烁,跳动着细小的光点。草原、河水、村庄、树木,在幽静的睡眠里,披着银色的薄纱。山,隐隐约约,影影绰绰,像停泊在海上的巨大帆船。坐在河边,感受到浓浓的水汽渐渐从河水里漂浮出来,落在纤长的水草上,圆润成一颗颗清凉的露珠。偶尔,几声虫鸣如浅吟低唱,吸引得空中那轮圆月静静地驻足聆听。

这时的扎尕那酣酣地睡着了,如一位娴雅的睡美人,我甚至可以听得到她轻微的呼吸声。我依旧安静地坐着,像长在河边的一株水草,我甚至不敢轻微地挪开脚步,生怕惊扰了她的梦啊。我知道,圣洁、质朴、清逸、卓然,应该是她始终如一的面貌和品性。我也知道,她的大美会为越来越多的人知晓,那么就请向往她的朋友们,今后在扑向她怀抱的时候,能够怀着一颗真诚拜谒的心,去景仰她,珍爱她,呵护她!

刻在生命石上的感动(一)

感动时刻充盈在这个世界中。你也许会为春天的悄然降临,把绿意播撒人间而感动;你也许会为朝霞染红天空的那份温馨醉人的美而感动;你也许会为电视剧中扣人心弦、真实细腻的剧情而感动。可是,你是否会为自己身边的亲人给予你的一切而感动过呢?

其实,只要你稍微留意,你身边的感动会让你热泪盈眶,心潮起伏。这些感动会化为清泉甘露,滋润浇灌着生命的花朵,使它永不枯竭,饱满丰盈!

记忆的长线,又把我拉回到从前的时空……

我出生在一个极其普通的职工家庭,父母微薄的工资要支撑起家庭这片天空。当我兴奋地拿着大学录取通知书迈进家门的那一刻,我懂得,它是全家的期盼,可也加重了父母肩上的负担。当时是1995年,那时一年几千元的学费对一个普通家庭来说,的确是一笔不小的开支。可是,我从没有看见父母的脸上掠过一丝的惆怅,喜悦经常饱绽在他们幸福的脸上。

大学开学的前几天,母亲硬拉着我到商场买衣服,她说,闺女要上大学了,怎么着也得有两件漂亮的衣服穿。当我把目光洒落在一件白底红花的衬衫上时,母亲也点头赞许,"真漂亮! 穿上试试吧。"我穿上那件丝绸衬衫,在镜子面前左转右转,欣赏个没完没了的时候,母亲早已问好价格去付钱了。付钱回来,看到女儿穿着那件合体大方又漂亮的衬衫,显得如此清秀窈窕时,母亲幸福地笑了,眼睛就像那弯弯的月牙儿。"妈,您也买件吧,您很久都没有添过衣服了,您看,这件的花纹和色彩正适合您呢。"母亲笑了笑说:"妈单位发的制服多着呢,穿不完! "一路上,我穿着那件花衬衫,不知引来了多少女孩的羡慕眼光。

晚上,当我睡醒一觉,感到口渴,去客厅倒水时,发现母亲的屋里灯还亮着,屋门轻掩。这么晚了,母亲怎么还不休息? 我在脑海里重重地划了个问号。悄悄地走近母亲房门,从门缝里看见,昏暗的灯光下,母亲安详地手拿针线,缝补她那件早已被水洗去颜色的秋衣,衣服上已经打了不止一处补丁。想起白天母亲给我买衣服的情景,我心里一酸,眼泪早就夺眶而出,感觉那针没有扎在衣服上,而是扎在了我的心上,针针将我刺痛,针针使我清醒:母亲的爱生生世世都报答不完! 当我回到自己的房间,拿起衣服的商标牌仔细看的时候,才惊异地发现,标价竟然是"218 元"! 白天,自己只顾高兴,连衣服的价格都没有在意。在当时,这可是我们全家一个月的生活费啊! 母亲补衣服的情景又浮现在我眼前,那件真丝的衣服原本是那样轻盈柔软,现在拿在手中,感觉沉甸甸的! 因为那衣服里融入了如此温暖厚重的母爱,此时,我已经泪流满面。本来就很美的衣服此时在柔和的灯光下变得更美了,我轻轻抚摸着它,感受着母亲真切无私的爱。夜里,我做了个很美的梦,梦见我上班后,用自己第一个月的工资,为母亲买下了那件在商场我说好看的衬衫……

现在,我依然珍藏着那件花衬衫,因为那根根丝线里穿透着母亲无价的爱!

后来上班工作了,我也真的为母亲买了一件很美很美的真丝衬衫!

写到这里,我的泪水早就不止一次地滴落在键盘,思绪又一次飘飞在往日的岁月里。

上了大学后,我差不多是一个月回一次家。每次回到家里,我总能看见母亲脸上写满幸福的笑容。炖鱼,宰鸡,炒菜,还要为我包爱吃的饺子。整整地为我忙乎一天,平日里,母亲那双干涩的手,在这一天洗涮那些肉和菜的时候,会被泡得通红通红的,我看在眼里,感动在心。我明白,要不是我回来,他们哪里舍得吃这些,于是,拼命地往父母的碗里夹肉夹菜,可他们却总要再给我夹回来。"爸,妈,我在学校吃得很好,你们在家可不要太省俭,身子重要!"虽然他们不断地点头,可我知道,我走后,他们还是会从牙缝里为我和妹妹省出学费来。那时,我就发誓:将来一定要让父母过上好日子! 在学校里,我勤奋刻苦地读书,每当那可恶的惰性来临时,眼前就会浮现出爸妈为家操劳的瘦弱身影;就仿佛看见他们头上又有多少乌丝变成白发;就会想起岁月无情地在他们的眼角和额头上印出的痕迹……

大学毕业后,我以优异的成绩被分配到中学教学,几年如一日地忘我工作着,从来都不甘落后,因为我要让父母看到他们的女儿很有出息。当别人夸奖女儿时,他们眼睛里会流露出异常幸福的光芒!

而且,无论多忙都要常回家看看,从物质和精神上回馈着他们对我的爱。

生命中有了这份厚重的感动,我会觉得生活中时时刻刻都充满着阳光。此时,我已无从用我贫乏的语言形容这份最无私的爱,因为再生动的词语在真实细致的母爱面前,都显得那样苍白无力! 耳畔又响起孟郊那质朴的诗行:"谁言寸草心,报得三春晖。"

刻在生命石上的感动(二)

> 今天,是我宝贝儿子的生日。有了儿子,这个家庭充满了无尽的欢乐。我为儿子带给我和整个家庭的快乐和幸福而感动。谨以此文送给可爱的宝贝,愿宝贝健康成长,幸福快乐!
>
> ——题记

生活中一次次的感动就像一粒粒的珍珠,我用记忆的丝线将它们颗颗串连,永远珍藏在心匣里。不时地拿出来,捧在手中欣赏着,让那珍珠上的光环一次次将我贫乏而又简单的生活照亮。

经历了十月怀胎的艰辛和一朝分娩的剧痛,我把一个漂亮、健康、可爱的小生命带到了人间。由于怀孕时特别注意营养,宝宝刚出生时就有七斤八两,白白胖胖的,皮肤光滑细嫩,眼睛又黑又亮。这个小家伙不知给全家带来了多少的欢乐,有了他,大人的话题几乎都离不开了这个宝贝。

也许是胎教的及时,宝宝的智力发育应该是超过一般孩子发育标准的。25天时,我反复把手中的彩球让宝宝看,只要球在他眼前一晃,他就咧咧小嘴甜甜地笑。我惊异于小小的生命竟然在潜意识里懂得了"欣赏"美!45天时,我跟宝宝说话,他居然跃跃欲试,用婴孩最简单的语言——"啊,呀,咿"跟我对话。呵呵,也许是我的职业影响了宝宝,早在胎儿期间,他大概就听惯了我讲话的语调和声音,所以现在听到这熟悉的声音,就迫不及待地要跟我说话呢。想到这些,我总是满足于上天恩赐我一个聪明可爱的宝宝,而宝宝那咿咿呀呀的语言也不止一次地感动着我。我想,他一定是在感谢妈妈给了他生命,告诉妈妈,离开了那个黑暗的空间,感觉眼前的世界是如此的光明美妙。

宝宝十个月时,有一天,我下班回家,刚推开门,宝宝看到是我,大大的眼睛瞅着我,张开双手要我抱,"妈妈",当那稚嫩的声音脱口而出时,我几乎不敢相信自己的耳朵,因为这是宝宝第一次有意识的叫"妈妈",我激动地紧紧抱住孩子亲了又亲。"宝宝,再叫声妈妈。"我刚说完,宝宝真的又清晰地叫了声"妈妈"。顿时,晶莹的泪水从我眼中溢了出来,那泪水里包含着幸福!此时,我觉得自己已经是一个完全真正意义上的母亲了,因为宝宝的那声"妈妈"不仅仅让我感动,更让我意识到一个做母亲肩上所承担的责任和义务。

每当宝宝小小的身躯不堪流感病毒的侵袭,高烧39度时,宝宝哭,我也跟着流泪。一夜几次地量体温、喂水、喂药、酒精擦拭,或者在半夜里顶着寒风送医院输液……当护士把尖尖的针头刺进孩子身体,孩子撕心裂肺地哭喊时,我的心简直如刀割般疼痛,恨不得能替孩子承担一切的痛苦和折磨,哪怕是十倍百倍地去承担,我都会心甘情愿,无惧无悔!此时,我真正体会到天下做母亲的心都是一样的——无论什么时候,孩子永远比自己重要得多!

宝宝两岁半时,更聪明了,也更调皮了,经常弄得我又好气又好笑。然而宝宝骨子里却是个很懂事的孩子。有一天,我胃里不舒服,下班后坐在沙发上,捂着胃部,脸上一副痛苦的表情。宝宝看出我的神情不对,跑到我身边,搂住我亲了亲脸颊,依偎在我怀里,问:"妈妈,怎么了?"一边还用他的小手在我额头上摸了摸。我告诉他,"妈妈就是有点肚肚疼,一会儿就好了","那咱们去医院打针吧,打一针就好了。"儿子稚嫩的脸庞和纯真的眼里写满了对妈妈的心疼和关切,我一把搂住儿子,细细端详着他那可爱的小脸,眉头微皱,眼睛里闪耀出些许惆怅和担忧,那感情全部都是最真实、最自然的表露,没有一丝做作和矫情,更没有虚伪的装饰。我突然觉得:儿子是那样的懂事!和他调皮捣蛋的时候判若两人。儿子小小的心中已经懂得了关心,一定是平时我对他的关切和体贴都被他牢牢地记在了心里,在我病痛之时,这个小小的生命居然懂得了爱的回馈!感动的泪水顿时潸然而下,亲爱的宝贝,你知道吗? 你这份暖暖的关切胜过万副良药的医治!

这种感动会让你懂得什么是不觉痛苦,什么是不觉疲惫。

儿子还在必要的时候充当过家庭矛盾的"调停者"。我和老公曾经因为一点鸡毛蒜皮的小事而吵得天翻地覆,儿子焦急万分地喊道:"别吵了,都不准说话了!"可是点燃的怒火是不容易被浇灭的,这时儿子大哭起来,我们两个只要谁一开口说话,他就用手捂住谁的嘴,用哀求的声音说:"别说话了,好吗?"看到儿子哭了,我也哭了,并不是觉得和老公吵架受了委屈,而是觉得对不起儿子。儿子小小的脆弱的心灵怎么能承受这样的折磨和打击。在他的意识里大概已懂得,家庭应该是温馨的港湾,是爸爸妈妈的笑容和互相的关爱和理解。于是我们都安静了下来,因为我们都懂得,不能让宝宝受任何的委屈,要给宝宝创造爱的环境和氛围。此时,我又想起了宝宝经常念的童谣:"左手拉爸爸,右手拉妈妈,我用一双手,拉起一个家。"宝宝不正是用他的那双小手在努力地拉起这个家吗?

我和老公每到情绪急躁,想发火时,总会想起儿子那双天真无邪的眼睛。于是,我们约定:为了儿子,请息怒!

宝宝,你永远是爸爸妈妈的最爱!

母亲的年

　　母亲的年不是正月初一，而是正月初三。

　　按我们当地的风俗，每年的正月初三是姑爷给岳父岳母拜年的日子。这一天，街头里巷人流如织，饭馆酒店棚棚爆满。花花绿绿的点心盒子或者烟酒穿梭在街道里，朝着岳父岳母家的方向飞。

　　母亲有两位姑爷，每到正月初三，她会喜上眉梢，忙得不亦乐乎。可是，她一不喜欢让姑爷到饭店请客，认为在家吃饭有过年的气氛；二不喜欢让姑爷行跪拜礼，说这是旧规矩，孝不孝顺不在乎这个形式。可我知道，在我们当地，过年时，很多户人家直到现在还十分在乎女婿的跪拜礼，就像在乎一定要张贴对联一样。然而越是如此，两位姑爷就对我的父母越是敬重孝顺。

　　母亲总是在初二的晚上，就把她买的最好的糖果瓜子摆出来，把菜和肉一遍遍洗干净，把饺子馅儿剁好，把迎接我们到来的一切工作准备好。她那双平日里干涩粗硬的手会因为不停地洗涮，被泡得通红而柔软。

　　又是大年初三了。一家人都盼着这一天。一进门，儿子和小外甥女就跳到母亲怀里,爸妈脸上的皱纹顿时卷曲成花朵。不多会,一道道美味佳肴跃上了餐桌,那是爸妈的杰作。在这中间,只要我和妹妹一进厨房帮忙,就会被母亲强推出来。吃饭时,母亲就更忙了,给外孙剥虾,给姑爷夹菜,给女儿添汤。忙来忙去,我们都快吃完了,她自己的饭还没动。

多少年来,母亲就是这样忙个不停。家里家外,处处留下她旋转着的身影,想到这些,我就不忍抬头看母亲,不忍看她日渐松弛的眼袋,不忍看她爬满皱纹的额头,不忍看她染上霜雪的两鬓。这一天,她的脸上始终挂满笑容,她因为拥有我们而幸福着,快乐着。

人老了,是渴望儿女陪伴的,尤其在过节的时候。当春联贴起来,鞭炮响起来的时候,老人从内心盼望着能够享受儿孙绕膝的天伦之乐。可母亲要从年三十盼到正月初三,才能有这样的享受。这日子是在母亲一天天的细数中到来的,是在母亲默默的巴望中到来的。

因为她没有儿子,只有两个女儿。

不知是哪年哪月哪辈留下的风俗,女儿出嫁后,不能在娘家过除夕和初一,连父母的面也不能见,说是不吉利。迷信观念认定,已逝的老祖宗年底从天上回家享受供奉,如果看到家里有"外人",就不愿进家;在初一(或初二)晚上,老祖宗重新回到天上,女儿才能回家。这个规矩在旧社会特别是农村是很严格的,违反了就是大不敬。新社会里,人们虽然不大信鬼神了,可在我们当地,谁也不愿成为"始作俑者",落得冲撞祖先的罪名。

因此,我想母亲内心最深处,可能依然埋藏着些许没有儿子的遗憾,尤其是过节的时候。

两个女儿先后出生了,家里越来越热闹;两个女儿先后出嫁了,家里越来越清冷。

29年前,妹妹出生了。当这个小生命呱呱坠地的时候,全家人没有太多的喜悦,尤其是奶奶和父亲。作为长子的父亲,一直希望母亲能为他生个儿子。在一丝叹息中,父亲低头离开了产房,回家为母亲煮鸡蛋。可是,在失意和困意双重纠缠下的父亲居然歪在床上睡着了,等他醒来时,鸡蛋早就被煮开了花。产后虚弱的母亲,抱着襁褓中的妹妹,流着泪。三天后,同一病房里,一个男婴诞生了,他是家里的二小子。为了圆儿女双全的美梦,两家决定将孩子交换抚养。可到正式要换的时候,母亲的目光不肯从妹妹身上挪走一寸,看着孩子忽闪忽闪的大眼睛,母亲将她紧紧抱在怀里,不肯松手……

许多年过去了,母亲还偶尔提起这件事。看得出,她的态度是庆幸。而令她庆幸的不止此事,还有我们的婚事。我们当地有些没有儿子的人家,为了传宗接代,会招女婿上门。在我即将谈婚论嫁的时候,姥姥三番五次叮嘱母亲,一定要留一个女儿在身边。母亲只是笑着,最终也没有遵从姥姥的意见,放飞了我们。姥姥拄着拐杖,拧眉叹气说,傻闺女,不听娘的话,到时候你就后悔喽,过年时人家家里都热热闹闹的,就你们跟前没个人儿陪。

姥姥的话一半对一半错。母亲从来没有后悔过,因为她的双眼,可以捕捉到我们的幸福。两个优秀的女儿也逐渐成为父母的骄傲。每当有人在母亲面前夸奖我们的时候,母亲总是掩饰不住内心的喜悦。尤其是搞业余创作的我,成了别人眼中的“作家”,时有文章发表在各地的报刊上。每次发表了文章,我都会拿到母亲面前“炫耀”,那种炫耀成了让母亲感到欣慰的精神食粮。

母亲让我们都飞向不同的巢穴。老巢里,只剩下身子骨儿越来越单薄的父母。而我也越来越在母亲那细长伛偻的身影里读到孤独与坚韧。

过年那天,女儿不能回家的风俗像一条无形的巨大绳索,将我和妹妹拦在了娘家门外。绳索的一头是孤独,另一头是思念。每当年三十和初一,我们一家三口和公婆团聚在一起,谈天说地、觥筹交错的时候,我就会想起我的父母。震耳欲聋的鞭炮声里弥散着浓浓的年味,在人们的听觉和嗅觉里此起彼伏,一直连绵到一百公里以外的太行山。这是万家团圆的日子,火红的日子。而母亲和父亲却守着两盘饺子,默默无语。餐桌上没有酒,也没有菜,除了饺子还是饺子,并不是家里没有,也不是他们舍不得吃,只是过节的时候缺少了我们,他们就缺少了兴味和乐趣,一切都变得同平素一样简朴。于是,我就在电话那头劝他们多做好吃的,劝他们到亲戚朋友家里玩牌,劝他们去看电影……我也劝过我自己,冲破那绳索,去陪他们吃上一顿饭,可是却没有成功。因为拦住我的,不仅是那无形的绳索,还有人们不理解的目光。这条由来已久的绳索,拦住的也不仅仅是我和妹妹,是农村里世世代代、千千万万个像我们一样过年时无法回娘家的姐妹们。

在中国最盛大的节日里,父母的孤独成为我挥之不去的疼痛,他们孱弱的身影、单调的生活,不断浮现在我的头脑里。可是,他们却不承认,总将内心深处的落寞隐藏起来,怕我们担忧。每当我打去电话的时候,他们总是说只要我们过得好,他们就很开心。而我能做的就是经常回家看看,多陪陪他们。因为我发现,家里只要有了我们,即使平常的日子也像是过年。

一个母亲,从孕育了儿女那天起,她的命运就紧紧与孩子的命运联系在一起。母亲如同一棵大树,儿女便是树上的花朵。无论身下的土地是肥沃的,还是贫瘠的,深扎地下的根须总是把最充沛的营养提供给花朵,花儿才能开得更加丰盈饱满。母亲是不变的圆心,儿女是圆心周围的弧线。无论半径有多长,也走不出圆心的视线,只要有我们围绕在身边,幸福就会在母亲的时光里流转。

母亲的年不是正月初一,也不仅仅是正月初三,而是有我们陪伴的每个日子。

爱，让您隐藏起疼痛

母亲的身体很健康、很强壮。一直以来我都这么认定。因为我从来都没有听她说过哪里不舒服，也没有见她生过病。从记事开始，我眼里的母亲就是一个精神头好、干劲儿十足、异常强韧的母亲。

直到七年前的一天，救护车载着母亲飞快地驶进医院，我才彻底改变了这种看法。

急救电话是她自己拨的。当天，她值班，单位只有她自己。突然间，头晕目眩的她支撑不住自己的身体，倒在了地上，全身瘫软无力，如同被抽去了筋骨。那时，她还没有手机。于是，母亲扶着身边的椅子，竭尽全力站起来，趴在桌子上的电话旁，吃力地按下了急救号码，几分钟后就陷入了昏迷状态。

事后一天一夜我才得知消息。母亲叮嘱父亲和姨妈一定不要告诉我。姨妈没有忍住，第二天给我打了电话。我很吃惊，简直不相信那是事实，足足愣了好几分钟才回过神来。

心急如焚的我打车赶到了医院，跑进母亲的病房。

母亲躺在病床上，已经脱离了危险。她微微闭着眼睛，深陷的眼窝周围皮肤暗青，嘴唇上几乎看不到血色，脸颊清瘦，面色蜡黄。父亲和姨妈守在她身旁。而我——她最疼爱的女儿，却成了最迟来到她身边的人。在她最需要照顾的时候，她最亲近的人反而成了离她最远的一个。看着面容憔悴的母亲，我有着撕心裂肺般的疼痛，忍不住哭了起来。这是我的母亲吗？一向强健硬朗的母亲怎么就突然病倒了？随后，我意识到，母亲的病看似突然，实际上她的身体里一定早就潜伏了病痛的危机，而为什么我没有丝毫察觉？这是我做女儿的严重失职！

事实上，果真如此。医生告诉我，母亲的病症是脑供血严重不足，早就有了症状，却没有及时就诊，导致病情加重。

我一边自责，一边哭着埋怨母亲不及早告知我们关于她的情况，更不应该向我封锁她住院的消息。

母亲替我擦着泪水，强打起精神，笑着对我说，"傻闺女，瞧我现在不是好好的吗，哭啥？也不是什么大病，有你爸照顾我就行了，惊动那么多人干吗，让人瞎操心。再说，你教毕业班，课那么紧，妈不想让你耽误学生们的课……"

泪水又一次涌了出来。母亲啊，母亲，您什么时候才能为自己考虑考虑啊！

母亲都病倒了，还在担心我知道后会心疼，会分心，会影响工作，会……而她却不承认，现在最应该担心的就是她自己！

那天，我还听姨妈说，母亲早在生我的时候就留下了头疼的病根，晚上经常失眠，颈椎和腰椎都不好，还贫血。可那么多年来，母亲对我只字未提。在我面前，她永远表现得那样强健，支撑着身体，支撑着家。

我拉住母亲的手，触摸到的是干涩。那双手全然不像她年轻时那样白皙纤细、丰润饱满，岁月的刀斧早已将它们打磨得坚硬而粗糙。我注视着母亲的眼睛，目光里再也找不到她往日的奕奕神采，她的眼角在不经意间爬出了许多皱纹，眼袋也渐渐松弛了。病床上的她，显得那样憔悴。就在那一刻，我深深感觉到，母亲真的老了！她瘦弱的身体蜷缩在病床上，就那么小小的一团。这么多年来，那小小的身躯就如同一个巨大容器，容进了生活的艰辛、苦涩，却释放着热情和能量，给整个家庭带来幸福和温暖。现在，母亲像个孩子，像个需要被关怀的可怜的孩子，而她却还在逞强，拒绝被我们关怀。

我抱着母亲，告诉她说，"以后有什么情况必须向我及时汇报，尤其是身体状况！"我将手机递给母亲，"这个就是您对我的传呼器！"

母亲接过手机，点头答应了。

可事实上，她并没有把手机当成一种随时报告她个人情况和传唤我的工具。除了接受我询问外，就是常常询问我关于她宝贝小外孙的情况。而我无论什么时候在电话里问起她和父亲的情况，她总是一句话"都很好！"

我能做到的，就是常回父母家看看，多了解他们的身体和生活状况。

那年夏季的一个周末，我打电话告诉母亲，中午我们一家三口回家里吃饭，母亲自然很开心。进了家门，母亲忙前忙后，准备着饭菜，还包好了饺子。我要帮忙，却被母亲拦住了，"你和孩子好好玩会儿吧，好不容易有个周末。吃饭的时候，母亲还是像往常一样，不断地给我们夹这夹那，开心地看着我们把香喷喷的饭菜吃进嘴里。吃过饭后，我到楼下乘凉，邻居向我问起我妈的伤势，我才知道她早晨做饭时被开水烫伤了。

我匆匆上楼，"妈，你咋又瞒着我？"我一把拉住想要躲闪的母亲，将她的裤子轻轻挽上去，天啊，我不忍心再看下去，母亲的整个右腿皮肤被烫得红中透紫，上面布满了大大小小的脓包，有的被裤子蹭破了，流着脓水。我浑身战栗着，泪流满面。

父亲告诉我们说，"你妈烫着后一直穿着裙子，能减少对伤处的摩擦，一听说你们要来，赶忙换成裤子，怕你们看到！"我的眼前就立刻浮现出母亲带着伤忙前忙后，还跟我们谈笑风生的情景。

爱人已经将烧伤药拿回来了。我用棉签蘸着药水轻轻为母亲擦拭着，伤口在妈妈身上肆虐着，我的心被扯得硬生生的疼。

许多年来，类似的事情发生了很多。母亲一次次"欺骗"着我们，隐匿起她身体和心灵上的所有疼痛和伤悲，展现的永远是她的爱和笑容。

而且，在日渐流逝的岁月里，我发现，这是许多母亲的共性。她们自从作了母亲那天起，就向体内注射了一支叫做"爱"的强心针，有效期是"一生"。这针剂让母亲们变得异常坚韧、勇敢。

德国体操名将丘索维金娜是这样的，为了给患白血病的儿子挣取医疗费，她克服身体条件的种种困难，坚持高强度训练，北京奥运会上，33 岁的她一举夺得跳马项目的银牌，成为体操史上的"神话"；"暴走妈妈"是这样的，她通过近乎疯狂的暴走，在短时间内治愈了自己的脂肪肝，顺利地将肝脏移植给患病的儿子，成功挽救了孩子年轻的生命；汶川大地震中，那个小婴儿的妈妈是这样的，在山崩地裂的可怕瞬间，她把自己的身体弯曲成桥，忍住剧烈的疼痛，用精神的伟力顶住砸下来的块块厚重石板，竭尽全力为小宝宝撑起了宝贵的生存空间。

许许多多平凡而伟大的母亲都是这样的，她们同样经历和隐藏着自己身心的疼痛，勃发出无限的生命能量，创造着一个又一个奇迹，用她们的行为诠释着人间母爱的内涵和真谛，令人感怀、动容……

年少时，自己不懂这些，总是在母亲面前喋喋不休地抱怨这抱怨那，大惊小怪地呼喊着可以忽略不计的"痛苦"，让母亲常常心疼得夜不能寐。后来，在母亲的影响下，我渐渐学会了隐忍和坚强。我懂得，做儿女的在父母面前，也要尽可能地把自己的悲伤和疼痛隐藏起来，给他们更多的爱和温暖，让他们幸福开心地安度晚年。

散落在雪夜的母爱

连她自己都不知道她是几个孩子的母亲。

一场大雪带走了她薄如纸灰的生命。从此,她再也不用在凄风苦雨中浪迹街头,再也不用在世态炎凉中遭受白眼,再也不用在喧嚣闹市中忍受孤独。

她是个患有精神病的老乞丐,约有70岁的模样,经常拖着一条残腿,踽踽着,蹒跚着,在我居住的小区附近垃圾箱里用她那双枯如干枝的手翻找食物。她脸上被风霜雪雨无情地刻画出深深的印痕,犹如条条盛满污水的沟壑。花白的头发由于长年累月不洗而结成厚厚的硬痂。无论春夏秋冬,她身上披着的总是那件破旧得翻卷出烂棉花的黑棉袄,连扣子都不系,裸露出干瘪得如布袋般曾经奶过孩子的乳房。她除了找东西吃就是躺在垃圾旁或草地里睡觉,怀里总抱着一捆用几乎褪尽颜色的红布扎住的干柴。我从来都没见她抬起眼睛看过从她身旁走过的任何一个路人,也许在她看来,这个世界上只有她一个人,而过路人也大多不屑拿正眼去看她。

听母亲说,老乞丐年轻的时候长得很标致,是个出自书香门第的大家闺秀,在外地某城市工作时嫁给了一位干部子弟,婚后两年为家里添了个白白胖胖的小男丁,一家人欢天喜地。可是，好景不长。三年以后，文化大革命开始了，由于出身不好，她被当做"牛鬼蛇神"横扫，受尽一切折磨。不久，她就疯疯癫癫，喜怒无常了，没过几天，被婆婆赶出了家门。尽管她声嘶力竭呼天抢地哭喊着，"我不要离开我的宝宝，我不要离开我的宝宝……"尽管她使出浑身解数妄图砸破那扇紧闭的可恶的铁门，可是，她却无力改变自此后被剥夺做母亲权利的悲惨命运。

许是寻根的本能使她一路乞讨回到了家乡。可是，她父母在她回家之前就受迫害而死。她举目无亲，形单影只，又痴又傻，沦落街头。年轻的她姿色犹存，一些混混和光棍们不断欺侮她、蹂躏她，她便一次次怀孕，一次次临盆。荒天野地里废弃的茅屋是她的产房，一根根捡来的麦秸杂草是她的棉被，没有接生婆的助产，更没有营养品的滋补，有的只是阴风怒号，有的只是暴雪骤雨。她抱着孩子，奄奄一息于血泊中。风，像毒蛇一样钻进她的身体里缠她、咬她；疼，像利剑一样刺进她的血脉里割她、砍她。地上，是被她的手指钻破的十个黑洞……

听长辈们说，那几个可怜无辜的孩子要么刚生下来就被冻死饿死，要么幸而被好心人发现抱走收养了。

我问母亲，为什么老乞丐的亲生儿子不来找她，母亲叹口气说，"她儿子在那座城市是个不大不小的领导，有人告诉过他母亲的现状，可他却说自己从来没有享受过母爱，是他奶奶含辛茹苦把他抚养大的，他母亲早在许多年前死掉了。"

就这样，老乞丐羸弱单薄的身影一年年在县城里晃动着，徘徊着，我只是偶尔表示一下同情，在她经常光顾的垃圾箱旁放上几袋饼干或者方便面，而更多时候，几乎是忽略了她的存在。可就是在这样一个老乞丐身上，却发生了令我刻骨铭心、灵魂震颤的一幕。

一天下班回家，远远的，我听到一个小孩子哭喊着找妈妈的声音，前面有个两、三岁的小女孩边走边大声啼哭。一定是大人没有看好，孩子自己走出了家门。我将自行车猛蹬了几下。就在这时，突然发现那个老乞丐放下她经常抱着的干柴，从对面蹒跚着也向小女孩急速走去，我生怕她神志不清会伤害孩子，就跟她抢速度。没想到，在我下自行车的瞬间，她闪电般伸过双臂把孩子抱在怀里，盘坐在地上。

"好孩子,乖宝宝,不哭不哭……"她那在平日里混浊失神的眼睛突然放射出光芒,那光芒足以驱散寒冬的阴冷,足以融化冻结的冰霜,充满了我从未见过的慈爱,那是一种母性的光辉,难怪走累了哭倦了的孩子能够在她怀里安然地躺着停止哭泣。

老乞丐腾出一只手,脱下身上仅有的那件御寒的破棉衣,盖在孩子弱小的身体上。而她则裸露着上体,松弛干老的皮肤就像粗糙的枯树皮,在寒风中似被一层层地剥落掉,我分明听到了那瑟瑟抖动而发出的声响,可她的脸上却漾着幸福满足的微笑。随后,她用脸紧贴着孩子红扑扑的面颊,一只手缓缓拍着孩子的背。一会儿,她又目不转睛地注视着孩子,那深陷的眼窝汩汩流淌着暖暖的爱意。许久,她的目光都不肯从孩子的脸上挪开,生怕孩子会突然从她眼前消失掉。她的手颤巍巍地挪到孩子的脸上,轻轻抚摸着,抚摸着,如同抚摸一件易碎的稀世珍宝。她干裂苍白的嘴唇嗫嚅着,像是喃喃自语,又像是跟孩子说话。随后,她抱紧孩子,闭上眼睛,沉浸在无限的幸福之中。两行热泪弯弯曲曲在她阡陌纵横的脸上。或许,是眼前这一幕勾起了几十年前她曾经做过母亲的美好回忆;或许,是这个小女孩让她捕捉到与自己失散多年的孩子的气息;或许……或许根本没有那么多或许,她对小女孩的爱完全出自一个女性、一个母亲潜在的爱的本能。天下的母亲都是一样的,无论她是贫穷的还是富有的,无论她是健康的还是病痛的,无论她是幸福的还是不幸的,她们都会发自本能地散发出母性的光辉,让人感受到暖暖的爱流。我早已潸然泪下了。

"你这个该死的老东西,快放开我的孩子!"一个尖锐的女声突然划响在耳边,随后就看见一个年轻女人一把从老乞丐手中夺走孩子,扔下孩子身上的破棉袄踩了两脚,她依然觉得不解气,又朝老乞丐狠狠唾了一口,"呸,走开!晦气的老东西!"

"孩子,我的孩子……"老乞丐凄厉的哭声回旋在飘满落叶的灰色天空里,或许是几十年前被夺走儿子的那幕又闯进了她曾经麻木的记忆里。她踉踉跄跄追赶着,哭号着,摔倒在冰冷的马路上。许久,她站起身,仿佛从梦中醒来,又恢复了那常有的木然神色,捡起地上散落的干柴和红布。这时我才看清楚,那褪色的红布原来是一个小孩子的肚兜。她弹去肚兜上的灰尘,把干柴重新捆好,紧紧抱在怀中,踽踽着,蹒跚着,渐渐消逝在夜色里……

孤单的花朵

我也是个母亲，心早已被这一切深深刺痛着。究竟是谁剥夺了善良的她做母亲的资格?是那场浩劫,是她婆婆,还是世俗的偏见、人情的冷漠?然而疯癫的她却始终没有泯灭做母亲的知觉和爱。从此,我对老乞丐满怀的是敬重,而绝非原来单纯的同情了。可是,自那天以后,我就再也没有见她来过这里捡东西吃。

"经常在我们小区附近捡垃圾的那个老乞丐死了。听说,前天夜里死在了城北的雪地里。"下班时,从邻居的闲谈中我才知道她永远离开了这个世界。

在那个冰冷的雪夜,她静静地躺在野地里,对孩子无尽的思念和无边的爱像一串长长的珠子渐渐断落,一颗一颗,一粒一粒,从她枯干的身体里渗透出来,散落在雪地上,随着凛冽的朔风飘扬在凄清阴黑的午夜。

漫天的雪花为她裁剪送终的老衣,飘飞的落叶为她撒下送葬的纸钱,呼啸的北风为她奏响送行的哀乐。她带着绝望而走,又似乎带着希望而去。或许她是去另一个世界寻找她那几个未曾来得及叫她妈妈就夭折了的孩子去了……

一颗甜桃子

那年,我还在学校工作,教高中语文。一次,在课堂上,读到一则文言文阅读,是《韩非子·说难》中的一篇,讲的是春秋战国时期,卫灵公和嬖大夫弥子瑕的故事。

"昔者,弥子瑕有宠于卫君。……异日,与君游于果园,食桃而甘,不尽,以其半啖君。君曰:爱我哉! 忘其口味,以啖寡人。"

弥子瑕将自己吃剩下的桃子给国君吃,非但没有招致杀身之祸,还得到了褒奖,国君认为此行为表明了弥子瑕对自己的爱。对此,学生们大多不能理解。

于是,我给他们讲了一个真实的故事,也是关于吃桃子的。

一年夏天,母亲买回一筐鲜桃。一个个桃子莹润饱满,色泽红艳,很是诱人。母亲将桃子洗干净,放在茶几上,我迫不及待地挑了一颗又红又大的。吃起来,挺不错。脆生生的,很甜。

母亲也拿了一颗桃子。她刚咬下一口,就发出赞叹,这桃,真甜!而后,她从我手中拿走桃子,尝了尝,随后,把她的桃子递给了我,"吃这个吧,比你的好吃!"

我说,应该一样吧,一起买来的,还能有多大差别? 我没有接母亲的桃子,坚持吃自己原来那颗。

"你尝尝啊，我这颗特别甜呢！"

我接过桃子，尝了一口。呀，真是的，鲜嫩甘甜，香脆可口！比我那颗还好吃。能买到这么好吃的桃子，一年之中，也难遇上几次。

这时，门开了，父亲接我七岁的儿子放学回家了。

"宝贝，快来吃桃子！"我不假思索地把手中那颗甜桃子给了儿子。看着孩子吃着甜甜的桃子，我和母亲都笑了。

儿子咬了两口，突然停住了。莫非他觉得不好吃？"怎么了，宝贝？快吃啊，趁着新鲜！"我催促着儿子。

"这桃子真好吃，我从来没吃过这么好吃的桃子！"儿子使劲咂咂嘴，"可我觉得，还是应该让姥姥吃，因为，姥姥年纪最大！"儿子把桃子递给了母亲。

母亲接过桃子，眼睛湿润了。而我，除了感动，便是惭愧！孩子给我上了生动的一课。

这么多年来，母亲总是把自己尝到的好吃的桃子、苹果、甜瓜等等，让给我和孩子。一直以来，所有最好吃的东西，都属于我们。这几乎已经成为定律。

可我呢，小时候，觉得母亲让给我吃，理所应当。等长大结婚后，自己有了孩子，总是把最好吃的留给儿子，却很少想起母亲。

面对懂得感恩的孩子，我真的好惭愧。

"妈，您吃了这颗桃子吧！以前，您受了那么多苦，现在该尝尝甜了！"

可母亲还是不肯，坚持让孩子吃。就这样，三个人互相推让着，谁都舍不得吃。

"那我们一人吃一口吧！"孩子想出了好办法。

于是，桃子在我们三个人手中传递着，我们每个人嘴上都沾满了桃汁，那甜味里裹着浓浓的爱一直沁入了心脾！

珍爱健康

以前，总认为大小疾病几乎和年轻人不应该有什么关系。年轻人的体魄本来就是铁打的、钢铸的，疾病无机可乘、无缝可入。于是，就"放纵"自己，白天持续伏案工作，晚上熬夜看书或写作，冷热酸甜想吃就吃，还经常为自己的强健洋洋自得。

直到今天凌晨，胃部的一场剧烈疼痛，让我对健康有了更清醒的认识。

昨天晚上，冷食吃得太多了，以至今天凌晨两点多时，胃终于忍无可忍，开始给我提出强烈抗议。它仿佛用拳头狠命地砸我，算是回报我对它的毫不顾惜，觉得不解气，大概又用上了脚踢。总之，胃里如同翻江倒海般疼痛，间歇性地痉挛，十分频繁。我疼得在床上直打滚，爱人赶忙从家里的常备药箱中翻出了胃药吗叮啉，我像找到救星一样高兴，可是，服了两片后依然无济于事。半个小时过去了，觉得胃里更难受了，我的脸色很难看，蜡黄。事不宜迟，看着我痛苦的样子，爱人果断地做出决定：上医院！

凌晨三点，爱人陪我赶到中医院。值班医生当即诊断我患了急性胃炎，说需要马上输液。医生迅速开好药方，护士很快到一楼药房拿齐了药，为我吊上点滴，动作娴熟麻利。他们工作效率很高，从我进医院到输上液，总共不超过 15 分钟。任何一个跟他们素不相识的人，只要成了他们的病人，他们就会像对待亲人一样对待你。这时，唯独一个声音萦绕在他们耳畔，唯独一种想法在他们心中：尽快帮病人解除痛苦！

半个小时过去了。药一时间难以快速发挥作用，胃里还是间歇性地疼痛，大颗大颗的汗珠从我头上滚落下来。以前从没有这么严重地闹过胃，我心里好害怕，眼里噙满了泪水。医生安慰我说，药起作用需要一个过程，不必担心，很快会好起来的，不过，今后一定要注意饮食和生活习惯，胃是需要养护的！我点点头，这番忠告，我会牢牢记住。是啊，身体的任何器官都是需要养护的！

爱人一直守候在我身边，陪着我疼痛。在疼痛的时候，有个人依靠，感觉很温暖。

两个小时后，液体输完了，疼痛感也渐渐消退了。我静静地躺在病床上想，健康的体魄对一个人来说真的太重要了！以前没有胃痛的时候，总觉得没什么，认为自己很年轻，健康会牢牢跟着自己。当病痛来临的时候，哪怕是场很小的病痛，也能让你充分体会到健康的意义，让你回味起拥有健康的美好滋味。它是无可替代的！一旦失去它，将会多么痛苦。于是，心里只有一个念头，只要能赶快康复，任何其他的事情都是次要的！如果失去了健康，拥有什么都会是短暂的、虚无的，拿什么去占有和享用呢？所以，保重好身体，就等于拥有了人生中最大的幸福！

朋友们，现在社会竞争和压力固然很大，但还是要珍爱自己的身体，注意劳逸结合，千万不要透支自己的健康！希望大家都拥有一个强健的体魄，享受生活带给我们的每一份快乐！

珍惜每天的阳光

夜色降临了,深秋的夜来得那样快。也好,夜可以把白天的喧嚣和嘈杂湮没在悄无声息的沉寂里,容我在这样的安静中不被打扰,任思绪飘来荡去。

轻轻地打开窗,任月光恣意流淌进来,倾泻在我的书桌、电脑和脸颊上。突然有一种见到久违的老朋友那种亲切感,因为它消失了将近一个月。

前段时间,淅沥梭椤的雨没完没了地下着,雨天阴天交替更换,就是不见太阳露出笑脸。于是心情也犹如天气般潮湿起来,慵慵懒懒,晦涩低沉。如果再见不到阳光,恐怕青苔就会长满心阶了。

盼望着,盼望着,终于清晨睡醒时,那一缕明媚的阳光又洒满了卧室。天湛蓝,原来在一夜之间,那灰色的天幕被大自然的神来之笔涂满了蓝色,洁白的云朵飘逸地行走在碧空之上,不断变幻着形态。我迫不及待地打开窗子,享受着温暖阳光的爱抚,像一个在母亲怀里撒娇的孩子。我强烈地感受到:有阳光的日子真好!

这几天,总在担心着,担心着太阳和月亮再和我们玩捉迷藏,担心着连续阴霾的天气再次降临,担心着明朗的天空又变得冰冷失色。所以,我对晴天格外地珍惜起来。

一有时间，就来个日光浴，让每个光分子都穿透自己的毛孔，让每一分温暖都带来舒适和惬意。被子和褥子也在我的帮助下充分享受着阳光的关怀，把得到的温暖毫不保留地在夜间恩赐给我们全家。周末，更是要让所有的衣服在洗衣机里痛痛快快洗个澡，然后让它们倚在阳台上，把身上的水分统统交给阳光。

是曾经长久的失去让我变得对阳光倍加珍惜。

这是人的通病。拥有的时候，总是熟视无睹。比如人们经常面对着幸福，却到处寻找着幸福。难道它没有在你身边吗？只是你没有发现而已。当经历了疲惫和困顿，到处寻找着幸福却没有找到时，往往才会发现，尽管自己走了很远，可还是回到了原点。

珍惜每天的阳光吧，不要等到失去以后才明白这个道理。

富有的山里人

两年前的一个春天，我陪同几位朋友到我们内丘县的名胜古迹——扁鹊庙游览观光。扁鹊庙就坐落在鹊山的脚下。鹊山，又名太子岩，位于县城西20多公里处，是华夏医祖扁鹊的封地。太子岩巍峨挺拔，奇峰林立，怪石嶙峋，山势起伏跌宕。扁鹊庙是全国规模最宏大，历史最悠久的纪念医祖的庙宇。

初春虽至，但依然是寒风料峭，阴霾蔽日。下了车，我不禁打了个寒战。

每年的农历三月初一是扁鹊的忌日，也是这里的庙会。从二月十五一直到三月初一，男女老少便从四面八方，不远千里，携香烛，带牲醴，前来祭祀者多达几十万。这天是二月十二，来的人已经是络绎不绝了。我们看到很多虔诚的香客在各个殿宇内，焚香，烧纸，跪拜，许愿。整个庙内到处弥漫着浓浓的香火气味。天虽然有点冷，但从庙里复苏的松柏，抽芽的垂柳和吐蕊的杏花，我们还是捕捉到了春的气息。红墙碧瓦、重檐飞檐、肃穆庄重的古庙已从沉睡中苏醒过来，散发出一丝生机和活力。庙内有几株汉代古柏，为整个环境增添了几分古朴厚重的意味。我站在一棵古柏旁，瞻仰注视，只见它枝干遒劲，盘根错节，繁茂蓊郁，就像一位睿智沧桑的老人，站在岁月的潮头，宠辱不惊。

树下坐着一位神态安详、农村打扮的老太太，身边是一张小方桌，桌上几口大碗，桌旁放着几个暖壶。

这时，几位朋友在导游的陪同下继续着他们的参观。

"老人家,您的水多少钱一碗？"我想现在正是人流高峰期,这里的水一定很贵,就顺便问道。

"多少钱？呵呵,俺的水不要钱。"老人笑了笑。

她这么一说,让我很意外,都市场经济时代了,还有人施水？

"您怎么不要钱啊？您的水也不是白烧开的,外地旅游景点的水可贵了,能挣不少钱呢。"

"俺们山里人没这个习惯。出门在外都挺不容易,喝口水还要钱？俺婆家娘家都是这个村的,从俺记事起,俺家就在这里施水,没收过一分钱。"老人声音如铜铃一般。

我头脑里迅速闪现出 2002 年去山海关时的情景,到了这天下闻名的胜地,一瓶进价几毛钱的矿泉水也身价倍增变成了五块钱。没办法,天热得很,不买不行。其他一些旅游城市的情况也好不到哪里去,那些具有"商业头脑"的小贩们,借助着市场经济的东风,任意宰割着外地的游客。

面对眼前这位盘着发髻、裹着小脚、穿偏襟褂、绑着裤腿的老人,我肃然起敬了。

"老人家,您多大年纪啦？"

"俺,82 啦",老人笑了笑,"对了,闺女你喝水不？"

"谢谢您,奶奶,我喝您一碗。"要在平时,我肯定不会随意用别人的碗喝水。那天,我一口气喝下整碗水,它清爽滋润,甘冽可口。

"真好喝,奶奶,这是井水吧？"

"是的,井水,山里的水就是比你们城里的水好喝。"老人自豪地笑了,眼睛眯成了弯弯的月牙,"俺从小就在这里长大,一方水土养一方人,俺山里挺好的,过得也挺富。山上有水,有枣树,核桃树,柿子树,啥树都有,田里还能种庄稼,俺们过得不赖！"

"您说的是过去山上有水吧？现在不是水很少吗？要靠天吃饭,过去山上的水是不是很多啊?"

"过去多,现在也多,一样的!"老人好像对我的话不太满意了,特意强调了"一样"这两个字。

我赶紧使劲地点头,表示承认。

可我知道,这些年山上的确很缺水,灌溉都成问题。上天恩赐的雨水多了,收成就自然好些,遇着旱年,收成会少之又少。然而老人家却说山上水很多,他们过的也很富。我想那水一定存在于她心里,心里有了清凉的水,生活才能更加滋润幸福。

快到中午了,我向远处眺望,看到从散落在山下的农家小院上方,飘出了袅袅炊烟,那是女人们在做饭了。她们一定是正在切自家种的马铃薯、豆角、南瓜和山药,切好后,一并放到盛满白水的锅里煮,快熟的时候再放进面条,出锅时洒些盐巴,这就是他丰盛的午餐。男人们从地里回来了,孩子们从学校回来了,一家人围坐起来,吃得香喷喷,其乐融融……

这,就是老人所说的富有生活。山里人在精神上的确是富有的,厚重的太行山赋予他们淳朴和善良的品性。十几年前,当我还是个高中生的时候就曾经感受过山里人的善良和热忱。我们从县城骑自行车到这里登山,想把自行车寄放到山脚一户人家。一位50多岁的大娘接待了我们,我们刚进家门,她就知道我们的来意,很痛快地答应为我们保管自行车,还分文不取。她说经常有人在她家寄放自行车,她乐意替大家保管。当时,她正在做年糕,香喷喷甜蜜蜜的年糕马上就要出锅了,大娘拉着我们的手,非让我们吃块年糕再上山。我们拗不过,就一人吃了一块,那年糕粘软香润,至今我都能回忆起它的味道和大娘靠着门框看我们吃年糕时憨厚可亲的笑容。下午,我们骑车返城,才走了几分钟,有个同学发现车胎的气不是很足了,一个29多岁的年轻人在路边,我们向他借打气筒。当时,只记得他飞一般地跑走了,说自己家没有,到邻居家帮我们找。不到五分钟,他气喘吁吁,大汗淋漓地跑了回来,拿着打气筒,说邻居没有在家,是他从自家梯子爬上房后,再从邻居家的梯子下去拿到的。我们不知道怎么感谢他,一直说了很多"谢谢"。大娘和小伙子带给我们的感动一直陪伴我到了今天,如今又让我亲身经历了一次那熟悉的感动,我的眼角湿润了……

　　他们没有太多的欲望和奢求,因此,精神上是快乐的,也将快乐带给了别人。难怪他们觉得自己过得富有。而我们生活条件比他们优越得多的城里人,却时常感叹贫困和无聊,烦恼和悲观成了城市人的通病。面对善良、充实、乐观的山里人,我们不该好好反思反思吗?

　　但愿善良朴实的山里人能得到真正的福祉,我在心里默默祈祷着。

信任

　　那年，我担任班主任。我清晰地记得，那是高一新学期开学的头一天，学生把要交的500多元费用，从家里带来了。每位班主任在开学这天，都会先充当一次收费员。

　　那天，我坐在教室的讲台桌前，收费。大多数学生从家里带来的都是整钱。大量的找零工作，使我很紧张也很谨慎。接过钱，点两遍，找零，再点两遍，然后在花名册上作标记。学生们一个接一个走上讲台，很有秩序。

　　一会儿，桌上便出现了几摞厚厚的百元大钞。

　　这时，已经没有学生主动走上来交钱了，可是从花名册上可以看出，还有一个学生没有交。

　　"王晓梅"，我低着头，边看花名册，边叫着那个没交钱学生的名字。

　　没有人回应。我抬起头，朝向学生看了看。

　　"王晓梅，哪位同学叫王晓梅?"我很纳闷，居然有这样不懂礼貌的学生，老师叫名字，应都不应一声。

　　这时，一个瘦瘦的扎马尾辫的小女生从座位上慢慢站了起来。

"晓梅,你把钱带来了吗？如果带来了,就交上来,免得给弄丢了！",我的语气里甚至带着一丝责备。

她慢慢地从座位上挪开,朝我走过来,显得有几分迟疑和犹豫,头一直微微低着。快走近时,我才注意到,她手里紧紧攥着一个黑色塑料袋。

她走到讲台桌前,将塑料袋轻轻放在桌子上,解开捆住袋口的密密匝匝的麻绳,一圈又一圈。随后,她缓缓从袋子里掏出打理得整整齐齐的纸币,一沓又一沓。看得出,那些纸币原本皱巴巴的,却被尽可能地抚平铺展。其中,面值最大的是十元,最小的是一角。每沓纸币上都捆着一个纸条,写有数额。她又从大塑料袋中拿出两个小塑料袋,分别装着面值五角和一元的硬币,塑料袋上贴着标签。

望着那堆打理得整齐有序的钱,我惊呆了,这完全是我始料未及的。这时,从讲台下也传来一片唏嘘声,几十双眼睛同时朝这边看着。

"老师,对不起,给您添麻烦了……本来,打算把这些零钱换成大票后再交给您,可是去晚了,银行关了门……您清点一下吧……"我仔细打量着眼前的女孩儿,她穿着一件很不合体的旧方格裙子,裙子很肥大,像一口布袋一样将女孩儿瘦弱的身体罩在了里面。她说话时声音很小,怯怯的,甚至有些发颤,一直低着头,垂着眼睛,手不由自主地搓着衣角。当时,她虽然背对同学,但在那一刻,她一定能感觉到,身后有几十双眼睛一起盯着她。她也一定认为,那眼神里除了不解就是嘲笑。的确,对于一些学生来说,几百元的学费,不抵他们身上穿着的一套名牌,更不抵他们腰里挂着的一部手机。

我猛然间很懊悔,不该在课堂上让孩子当着那么多同学的面交钱。她那么迟疑,也一定是打算到办公室里单独交给我。

我又把目光渐渐移向那堆钱,此时,在我眼中,它们已远远超出了人民币的概念。那是滴满汗水的艰辛劳作,是盛满亲情的沉甸甸的希望,是攒一分一毛就向胜利靠近一步的幸福和喜悦呀。我的眼角湿润了。

钱,依然放在讲台桌上。我没有清点,尽可能地维护着孩子的自尊心。

"孩子,这钱不用点,我相信你！"说着,我将桌上所有的钱收了起来。为了凑够这些学费,孩子的父母不知道攒了多少个日日夜夜。他们在家里,一定将这些血汗钱点了一遍又一遍,数了一遭又一遭。我有足够的理由相信,它们分毫不差!

她有些诧异,抬起头来,睁大眼睛望着我。我拉住她的手,告诉她说,"孩子,记住,你拥有世界上最值得敬重的父母,他们为你交上了一份最最珍贵的学费! 你一定要懂得珍惜! "

孩子的眼泪扑簌簌掉了下来,冲着我使劲地点点头。

事后,我了解到,晓梅的姐姐和哥哥都在读大学,父母要同时供养三个孩子读书。农忙的时候种地,农闲的时候拾荒。我的眼前顿时浮现出,两位年逾50的老人,从山区徒步走20公里的路,来到县城,穿大街走小巷,冒严寒顶酷暑,从别人遗弃的废物里艰难"寻宝"的情形。他们用自己的艰辛劳作换回学费,实现了三个孩子的求学梦。

如今当年那个怯怯的小女生就读于一所国家重点大学,品学兼优,还当上了班长。踏入大学校门的第一天,她给我发来一条短信:"老师,是您让我意识到自己拥有最值得敬重的父母;同时也是您的爱和信任,让我抛掉自卑,鼓足了前行的勇气! "

不要和陌生人说话

去新疆开一个笔会,约好同去的朋友没办法请假,我只好一个人跨越三千多公里的路途,去乌鲁木齐。

想要看看沿途不同区域间的风景,决定去时坐火车。

记住,路上,千万不要和陌生人说话!不要接受陌生人给你的一切食物和饮料!只要离开你的位子,哪怕一分钟,回来时,一定要把杯子中剩下的水倒掉!

出发前,老公反复叮嘱我。

24 日晚 8 点半,石家庄火车站候车室。老公和母亲两个人送我。望着黑压压的排队等候的人群,母亲的眼睛里充满了焦躁不安。老公突然想到这样一个问题悄悄告诉我,软卧分成包厢,如果里面其他几个都是男人,尤其是不三不四的男人,对你来说,太不安全!我心里开始恐慌,惴惴的。老公提示,跟别的包厢里的男同志换位置,实在不行,就求助乘务员帮忙找。

该进站了,我被卷入拥挤的人流。老公冲着我喊:"千万记住,我说过的话!"母亲眼里含着泪。

怀着对车厢内情况的种种假设和忐忑不安的心情，我挤上了火车，寻找自己的位置。刚走进包厢的一瞬间，一个男人也进来了，我顿时紧张极了，快速打量了他一下，身材魁梧，30岁左右，不过还算面善。刚开始没注意，他身后还有个四五岁的小姑娘，大概是他女儿，我心里稍稍平静了些。随后，一个十岁左右的小男孩蹦蹦哒哒地过来了，她妈妈紧跟在后面。

　　整体环境不错，我精神放松了很多。立即给老公和朋友发去短信，说明车厢内的人员情况，让他们放心。

　　"好的，不过仍然不能掉以轻心！"老公回短信。

　　十点多了，该休息了。锁好门，我把手提包压在了枕头下面。

　　两个孩子却兴奋得很，不肯睡觉，一会儿吵着要东西吃，一会儿又开门到外面的通道上跑，没过几分钟，就被各自的家长拽了回来，强扭到铺位上睡觉。

　　夜深了，人们都睡熟了。可我还在些许不安与困乏中似睡非睡。突然，听到开锁的响动，接着，哗啦一声，锁着的门被打开了，我猛的打了个激灵，心跳到了嗓子眼，血液迅速涌上头部。我看到，一个黑乎乎的脑袋探了进来，身体还在外面。他东张张，西望望，像在搜寻"猎物"。不好，一定是小偷！借着通道幽暗的灯光，可以看到那个男人十分高大，样子很凶悍。此时，包厢里其他人都在熟睡。我吓得浑身哆嗦，头皮发麻。他打探一番后，挤进门内。我不知从哪里来了勇气，顿时从铺上弹坐起来，大喝一声："干什么的?！"

　　"我，我上车呀。"那个男人被我的喊声吓了一跳。他将行李拖了进来。

　　原来真是上车的。虚惊一场！我偷偷笑了，那个人在半夜上车，身子还没进来，头就伸进来打探，恐怕也担心车厢内有"恐怖分子"。

　　昏昏沉沉的一夜过去了。早晨醒来，赶紧摸了摸枕头下面，包还在。天已大亮，拉开窗帘，一片片赤裸的黄土坡，被疾驰的列车抛在身后，已到陕西境内了。

　　随便吃了早点，又躺下看书。中间出去了几次，回来后，我严格按照老公嘱咐的去做，把杯中剩下的水倒掉。包厢里，孩子们在嬉闹，大人们都很安静。当我拿出零食吃的时候，挺想给那两个孩子。可我没有。我想，上车前，他们的父母一定无数次告诫他们,不要接受陌生人的食物,我害怕遭遇被拒绝的尴尬。

"阿姨,你怎么躺了半天也不下来玩儿?"下铺的小姑娘仰着脸,忽闪着大眼睛笑着对我说。

孩子把我从铺上唤下来,我就和他们几个聊了会儿天。小姑娘的爸妈都在乌鲁木齐做生意,老家是沧州的,孩子经常跟着奶奶,这次,爸爸回来接她到新疆。中年妇女是甘肃酒泉人,她老公在石家庄陆军学院教学,孩子在石家庄上小学,她探亲一个多月,该回单位上班了,孩子正好刚放暑假,带着孩子一起回去。半夜上车的男人,是河南的,做玉石生意。大人聊天,孩子也不闲着,小姑娘唱歌,小男孩儿讲故事,我们的小房间里显得很热闹。

"阿姨,吃荔枝吧!"小姑娘用她胖嘟嘟的小手递给我一颗饱满的荔枝。我愣了一下,赶忙说了声谢谢,接过荔枝,手有些颤抖,还有些僵硬。突然间,觉得非常惭愧。上车快一天了,我们都是各吃各的东西,谁都没给过孩子。拿着荔枝,我不敢面对孩子天真无邪、清澈透亮的眼睛。和孩子比起来,大人的世界多么复杂可怕,而又充满猜忌。

孩子给每个人都发了一颗荔枝,没有人拒绝她。看着大家一起分享着她的甜蜜,她笑得眼睛像弯弯的月亮湖。

那颗荔枝,我一直攥在手里,舍不得吃。小小的荔枝,如同两个世界的缩影。成人的世界如荔枝皮,粉饰,坚硬,粗糙;孩子的世界如荔枝瓤,莹白,晶透,柔软。

孩子善良晶莹的心,像一把钥匙,开启了大人的心门,让彼此间敞亮了。我们的小包厢渐渐成了快乐的大家庭。饼干、口香糖、桃子、西红柿等等,全都是用来共享的美食,吃起来也格外香甜。我把最好吃的东西都留给了小姑娘,还让她坐在我腿上,给她讲故事,把她原来松散的头发编成漂亮的小辫,又给她拍了很多照片。小姑娘也越来越依恋我,一会儿看不见我,就到处找。或许是她离开妈妈太久了,我是个母亲,身上有妈妈的味道。那天夜里,她是在我怀里睡着的。

26日清晨。越过上千里寸草不生的茫茫戈壁滩,终于看到了茂密的树林。"快看,天山!"人们指着远处峻拔高耸、白雪皑皑的群峰喊着。

乌鲁木齐,就要到了,可我的心里却平添了一丝怅惘。

车停了。人们潮水般从车身里漫出来。我抱着小姑娘,她爸爸帮我提着大行李箱。孩子紧紧搂着我的脖子,趴在我肩上。出站了,外面人头攒动,大多是接站的。小姑娘爸爸停下来,和我一起寻找接我的人。终于看到会务组的牌子了。

要分别了。我却不忍心把孩子放下,依旧紧紧抱着她,脸贴着脸。那一刻,觉得她就是我自己的孩子。孩子也搂着我,不肯松手。

她父亲将她抱走那一刻,她哭着大声喊"阿姨!"。我心里好难受,背过身,不忍心看他们。

孩子的喊声还在人群里浮动,而人海已将他们彻底吞没。当我用潮湿的双眼寻找他们时,已不见了踪影。

手机响了,收到朋友发来的短信:出门在外一定要小心,不要轻易和陌生人说话,不要接受陌生人给你的任何食物和饮品!

我笑了笑,走进人海中……

感动着雯婕之歌

　　早就想记下心中的这份感动,它源自今年(2006 年)的超女冠军——尚雯婕。一个勇敢追梦的女孩,一个百折不挠的女孩,用她绝妙的歌声,独特的气质,丰富的内涵,内敛的个性,征服了一个又一个观众,使数以万计的歌迷向她靠拢,甘心情愿一辈子成为她的俘虏。

　　自认为朝向音乐的那扇心门不再会因为任何人而打开, 自认为早已经远离了肯为一个歌手欢呼痴迷的年龄, 自认为生活的琐事已经吞噬掉了那根原本善于感动的敏锐心弦。然而,尚雯婕的出现却将这一切改变,我彻头彻尾地被这个普通而又平凡的女孩子不普通不平凡的为人和歌声征服了。尤其是当她经历了无数的磨难和挫折之后,反而将一首首歌曲演绎到完美无瑕的境界(至少我这样认为)时,我的灵魂已被她彻底俘获。在最后总决战的夜晚,我拿起了电话,小心翼翼地为她投上了神圣的一票。虽然仅此一票,只是五百多万分之一,如此的微不足道,但是对于我来说,绝对是个奇迹。因为我早就视任何的选秀节目仅为娱乐身心而已,主办方想从我的手中赚到一块钱也几乎是不可能的事情。尽管去年的超女——实力唱将纪敏佳的歌声也在很大程度上吸引了我,但是她还没有足够的魅力使我愿意为她投票。但是今年,起初看上去毫无星相,也绝不抢眼的尚雯婕竟然使我冲破了看娱乐节目的底线,有了为她投票的冲动。

对,那真的是一种冲动。当她以越来越动人的歌喉和迷人特质感动我时,我甚至有了这样一种感觉:如果不为她投上一票不仅对不起她,更对不起自己的良心。"支持她就要落实在行动上",当时我的确是那么想的,而且直到今天,我都为冠军票里有我的一份努力而感到欣慰。这是怎样的一种魅力啊!它穿越了地界和时空,永远无法隔离与阻挡!感谢你,雯婕!是你又唤回了我对音乐的知觉,是你又让我感受到了有音符跳动的世界是如此美好!

今年格外地关注超女节目,不仅是因为雯婕一人,那些怀揣音乐梦想的女孩子们,以她们的执著坚强着实打动了我。从她们的身上,我看到了什么是勇敢和拼搏,知道了什么是感恩和友爱。她们身上那些闪耀着亮点的人格和品质一直吸引着我。于是,每到周五,我就会准时坐在电视机前,静静地守候着这份感动,为她们的音乐喝彩,为她们的离去黯然。这时候,我不认为仅仅是她们的歌声打动了我,更重要的是由于渐渐地熟悉了那些女孩子,就总认为她们是你的亲人或是近邻,你就更愿意在比赛时为她们加油助威;更愿意关注她们的音乐梦想到底能飞多远;更愿意与她们同呼吸,共命运,一起开心,一起流泪,一起感动。于是,这个节目成了我整个夏日不变的期待。淡定随意的许飞,纯洁美丽的唐笑,朴实执著的张冬玲,勇敢大气的巩贺,灵秀乖巧的朱雅琼,歌艺绝佳的谭维维,都曾经使我感动。

尚雯婕出现了,当她辗转了几个赛区,屡败屡战,越挫越勇,实现了一次次美丽蜕变之后,对她的感受和印象,怎一个"感动"了得!很多人看好雯婕是在总决赛之后,然而我是在她的名字刚一出现,也就是她参加海选时就对她有了几分好感,尽管她没有娇好的面容,没有华丽的服饰,单是她响亮的名字和高亢的嗓音就使我对她颇有几分喜欢。可是,杭州赛区瞬间就消失了她的身影,成都赛区也早早将她莫名其妙地淘汰。当广州赛区又出现她的时候,感觉有些惊讶,惊讶之余是认可和钦佩,甚至还有些欣喜。然而真正被她的声音感染和震慑,是在她演唱了中文歌曲之后,她用

孤单的花朵

哀伤忧郁的眼神和婉转华丽的嗓音把一首首歌曲唱入了人们的心灵,那声音如怨如慕,如泣如诉,直摄人的三魂六魄,即使铁石心肠的人听了也会为之动容。

果不出人意料,总决赛冠军是属于她的。在那个令人兴奋的夜晚,一直宠辱不惊,隐忍含蓄的她终于频频露出美丽的笑容,也更多了一份自信和妩媚。所有的芝麻都清楚,她这一路走来,有着太多的不易和艰辛。经历了评委的打压,票数不高和同室倒戈的磨难,她依然挺拔不屈,隐忍和坚毅是她不摧的脊梁,磨难使她更加成熟。正是有了这些磨难,才使她越来越彰显不败的王者气质;正是有了这些磨难,才使得更多的歌迷爱上越挫越勇的她。也正是这些磨难才使人懂得磨难其实并不可怕,可怕的是人的自卑和怯懦。

今年的超女比赛终究是一去不复返了,没有了它的陪伴,周五的晚上总觉得有些怅惘和失落。有幸的是雯婕那曼妙的歌声依然回旋在我心灵的空间。《征服》《火柴天堂》《爱》《花火》等等,她所演唱过的经典歌曲我都已经下载,每天夜里它们会陪伴着我一起入梦。雯婕那种感伤忧郁气质,百折不挠精神和婉转空灵声音的完美结合,沉醉了无数像我一样平凡的观众,我们一起感动着她的感动,哀伤着她的哀伤,幸福着她的幸福。

如此专家

儿子这几天患感冒。鼻塞老是不好，我害怕时间长了会转化成鼻炎，今天上午，和老公带儿子到我市一家著名的医院就诊。为了能挂上专家号，我们很早就出发了。到医院的时候，专家号只剩下一张了，我们刚好赶上，谢天谢地！这家医院不仅全市闻名，在全省甚至全国也颇有些名声，每天都有大量来自全国各地的病人前来就诊，今天是周末，更是人满为患。

我们进了三楼的耳鼻喉科专家门诊，只见病人把门诊围了个水泄不通。看来，病人的心理都一样，宁愿多花钱找专家看病。谁不想早点把病看好呢。人太多，我们只好在门外等。过了一会儿，门诊里只剩下三五个病人时，我们进去了，这时，专家正给一个中年妇女看病。

"医生，我听力不好，半年前诊断为神经性的听力下降，吃了很多药，效果都不好。"她说着拿出一个方子给专家看，"这是别的医生给开的方子，我想请您给看看，能不能用。"

专家拿着方子看了一小会儿，"你可以试试，兴许会有用。"

孤单的花朵

"您说，我这神经性的听力下降到底是什么原因引起的呢？"

"那就不好说了，神经性的耳听力下降有 60 多种病因，至于你的属于那种我就不好说了，我总不能为了观察你的病因，到你家里去调研很多天，所以不好说。"专家冷冷的，面无表情。

"那您说，这个方子会不会不起作用呢？我听别人说，有人用过，说是不起什么作用。我想咨询您，看到底用还是不用。"

"也许会一点作用也不起，我不清楚你的病因，所以说不好到底会不会起作用。"

"那我用还是不用呢？"病人一脸疑惑。

"看你自己了，你自己决定吧，我这里也没有什么好的办法，因为到目前为止，根本就没有什么特效药治神经性耳聋。"专家不紧不慢地说着，"好了，下一个病人。"

那个中年妇女满怀信心地来了，却满脸疑惑地走了。

一个农村打扮的老年男子本该在这位中年妇女后就诊，可是他要发扬风格，把先就诊的机会让给我儿子，他憨憨地说，"医生，先给孩子看吧，我排到最后看。"

还没等我们说感谢，专家突然提高了嗓门，眉头皱得老高，"该是谁就是谁，排队进行！想排在最后，跟我长时间聊你的病情，我哪有那么多闲工夫！告诉你，你现在可以让，让完了到最后不给你看了！哪有这样看病的！"专家狠狠地瞪了老头一眼，老头被"刺"倒在椅子上。

正在这时，一个 30 岁左右，个子高高的女人急匆匆地进来了。"大夫，我的鼻炎犯了，特严重，好几天都不能睡觉，我特意从石家庄赶来，知道您治鼻炎很有专长，慕名而来，可来得晚了些，没能挂上专家号。您能破例给我看看吗？"女人的眼神和语气里充满了乞求，也寄予了期望。

"不行！回石家庄看吧，石家庄的专家比我的医术高明得多！"他冷冷地抛出了一句，连头都没有抬。

这样一句回答让在场所有的人都惊呆了，我看到，那个女人转身时的伤心和失望。她再没有做任何的请求，毅然离去了。换了是我，也一样会选择马上离开，因为这个医生无论医术有多高明，此时已经不配再给这个病人医治了。他严重伤害了病人的自尊,几句尖刻的话像刀子一样划在病人的心口。即使你想拒绝病人也可以换一种方式,可以告诉她,这里的医生医术都很高明,可以到普通门诊就医,照样可以治好病。大可不必用这样尖刻的语言去伤害一个本来就被病魔缠身,又从一百公里外赶来慕名投医的患者。

一个医生,救死扶伤、治病救人,是他的天职。面对被疾病折磨的病人,应该尽自己最大的努力去医治,用善良的心去对待,用和蔼可亲的态度给病人送上一份温暖。如果不能做到这些,即使有再高明的医术,我认为也不具备做医者的基本修养和素质。

我一直想象着那个石家庄的女病人,一定是满怀着希望来到了我们这个城市的这所医院,而且是带着对这位老专家的无限的崇敬之情前来就医的。在她没有挂上专家号的那一刻,她会有多么失望。或许当她看到大厅里悬挂着的她要寻找的这位专家的照片时,专家那慈祥的笑容使又充满了希望,因为她觉得,看上去如此善良的老人,一定会破例给自己治疗。于是,她才鼓起了勇气去请求专家,没有想到这希望在一瞬间就破灭了。从此,她对这个专家再不会景仰;她对这所医院再不抱任何希望;她甚至会因此对我们这座城市有些厌恶。一个专家的行为竟可能破坏一座城市在一个外地人心目中的形象,这是多么可悲的事情!

这位专家的职称是主任医师,作为一位长者和有着高级职称的他,无论在医术上还是医德上,都应给全院的医生做个表率。在提倡构建和谐社会、建设精神文明的今天,如果连高级知识分子都不能从正面做点表率的话,那就是整个社会的悲哀了!

一次最郁闷的旅行

终于回来了。上周五,陪母亲和孩子去了山东青岛和日照。这是两座很美的海滨城市,本想让他们好好享受一下旅游的乐趣,自己也放松放松,没想到却事与愿违。并不是城市不好不美,而是其他的一些因素导致了这次出行很不愉快,成为近几年来感觉最郁闷的旅行。

夜晚九点,跟我们当地旅行社出发了。虽然乘坐的是卧铺汽车,相对硬座舒服了很多,但是对于十分挑剔睡眠环境的我来说,还是承受不住汽车在高速公路上的轻微颠簸,以及个别低素质的人半夜里聊天带来的噪音,加上两个周岁左右的孩子间或发出清亮的啼哭声,我几乎度过了一个无眠的夜晚。十个小时的行程,只睡了不到两个小时,早晨五点醒来,一个感觉,头晕!

早晨八点钟,终于到达盼望已久的青岛了。进入市区,车上的孩子们不停地欢呼雀跃,这座美丽的海滨城市终于揭开了面纱,展现在我们面前。一尘不染、四通八达的街道,林立高耸的建筑物和品种繁多的花草树木都从我们的视线里飞过。头晕的感觉才刚刚消失,司机突然掉转了车头。原来,司机和导游进入市区后都迷失了方向,走了

20分钟才发现走错了路，不是我们要去的第一个景点——五四音乐广场的方向。唉，没辙！为什么地接导游还不出现？以前跟团旅游，都是一到旅游城市的入口处，就看到地接导游等候在那里。广场终于到了，下车之前，导游说，"对不起，朋友们，刚才和地接导游联系，说堵车了，她要晚一点儿才能过来。大家在广场先自由活动一会儿，半个小时后，车上集中。"

没有导游的陪同和讲解，我们随意在广场转了转，这时雾气升腾起来，周围的一切都氤氲在雾气里，天气很闷热，汗流浃背的我们几乎没有了心情赏景。

半个小时过去了，我们准时来到车旁，人都到齐了，却发现导游失踪了。真是让人诧异！过去了一个小时，还是看不到导游，人们正在气愤中，她匆匆忙忙过来了。原来她一直在和地接导游联系，说还是堵车，没办法赶过来。司机不熟悉道路，等吧！又过了20分钟，终于盼救星一般，把地接导游盼来了。在这个景点，白白耽误了一个多小时！导游应该事先考虑到堵车因素，最好提前出发，宁可多等游客一会儿，别让游客等你。大家的时间都很宝贵，况且这还涉及一个旅游城市的形象问题。

第二个景点是栈桥，到达时已经十点半了。车停在景区外，导游告诉我们中午饭自理，参观栈桥和午饭总共给一个半小时。宣传单上明明写着返程的午饭自理，怎么成了这顿午饭自理了？我们问导游，导游说宣传单上打错了。明明是狡辩！(青岛的一顿饭和日照渔家的一顿饭的价格是不能同日而语的！)人生地不熟的，去哪里找餐馆？起码也要把游客带到一个差不多的餐馆集中吃饭，这样可以节省时间！早饭在车上吃的，胡乱吃了点，本想中午好好吃一顿，可是附近没有合适的餐馆，不是没有空调，条件太差，就是经营海鲜类食品。转了一大圈，凑合吃了点小笼包子和米粥，由于人多地儿少，只好"站食"，真是苦了母亲和孩子。吃完饭，参观了栈桥。中午12时，我们一家准时回到客车旁。咦，怎么只有三四个人在？人们多数还没有回来。又是一番苦苦的等待，这次不是等导游，是等时间观念差极了的同车游客！一个小时又白白浪费了，那些在栈桥下的海边玩得不亦乐乎的同志们可能想起来还有一车的人在等着，终于迈着姗姗的步履回来了！

这一天，我们几乎和"等待"结下了不解之缘。乘船海上观光这个项目，让我们等得焦头烂额！海滨旅游旺季，人山人海，游客摩肩接踵，加上天气闷热，简直透不过气来。好不容易，我们的队伍挪在了前方，本来轮到上船了。突然，后面的队伍在他们的导游指挥下，抢到了我们前边，从另一条通道上去了。那是个大团队，不一会儿，船上就满了人。等下趟船吧！我突然想起，以前有个导游说，旅游旺季就要抢，要不就永远被挤在后面，耽误行程，所以，当导游就要"霸道"才不至于让自己的客人吃亏！这是什么风气？不过还真符合国人一贯的行为特征！

乘船在海上，雾气更浓重了，能见度很低，大海似乎因为人们的拥挤生气了，故意把自己严严地包裹起来，让人不能看清它的真实面貌。它褪去了平日的碧蓝着装，换了套很低调的灰色外套，让人感觉有些压抑。

乘船回岸已经是下午四点半了。行程里还有自费的百元项目——游青岛海底世界，可是由于要在晚饭前赶到日照（需要近三个小时），尽管地接导游试图用她的三寸不烂之舌说服我们，但还是被我们"无情"地拒绝了，显然她很是有些沮丧。已经一个晚上没有休息好，两餐没有吃饱的我们坚决要求早点去日照，导游没辙了。如果不耽误那两个多小时，时间本来够用，海底世界可以照游不误，可是这又能怪谁呢？

日照的渔家，是我们当晚要休息的去处。还算干净的小四合院，可是，房间里没有空调！更不幸的是，刚吃过饭，就是一片漆黑，停电了！周围其他人家都有电，只有我们住的这一排渔家停电！天气又热又潮，衣服都粘在了身上，我们免费蒸了桑拿！不停地用扇子给孩子扇风，孩子还是喊着热，闷在一片黑暗的世界里，孩子直吵着要回家。是啊，回家，我也有了急切的回家愿望，这种情形让我感到还是家里好！

午夜 12 时，终于来电了，草草地冲了个澡，赶快休息吧！小小的电扇在这个酷热的夜晚似乎是杯水车薪，躺在硬硬的床上，听着蚊子的歌声，我辗转难眠，不知道什么时候睡着的。

第二天，去海滨浴场。在游人如织的海滩上，感受到的只是喧闹和杂乱。花花绿绿的人们散布在沙滩和浅海区，在我看来，这对大海是一种亵渎和折磨，虽然我也加入到了这个行列。

海，需要安静，也需要人们安静地享受。最喜欢的就是傍晚来临的时候，静静地漫步海滩,听海鸥的吟唱和海浪的低语,可以任思绪无限飘飞,也可以什么都不想,享受那份心灵的安逸和恬淡。可是昨天我全然没有这种感觉,一是不喜欢热闹,二是已经被折腾得筋疲力尽。

　　面对一向喜爱到灵魂深处的大海,我第一次有了想要逃离的感觉。

署名

　　当庞局长正饶有兴趣地听着张艺关于下一阶段机关开展调研的具体谋划时，一阵敲门声把他们的谈话打断了。进来的是一位细腰丰臀的长发美女，她一进门就娇声对局长说，"庞局长您好，我是地方志办公室的晓莉，可要恭喜您喽！你们局半年前上报的史志材料已被收入《年鉴》，而且由于内容翔实精当获得了一等奖，您可要好好请请客了！"说完就把怀里抱着的一本厚厚的《年鉴》放在了局长办公桌上，然后扭动着腰肢离开了，局长大人一直目送着她娇柔的倩影离去。

　　随之，他面露喜色，站起身，拍了拍张艺的肩膀，"小伙子，不错嘛！你看这全是你的功劳，你刚到局里工作不到一年就出了这么大的成绩，为咱局里争了光，好好努力，前途会很光明！"可他真正惬意的是，下次见到市委书记的时候又该受表扬了，一次次的表扬累积起来就是自己卓越的政绩，就是博得书记信赖的资本，就是一步步在官场攀爬的舷梯。而此时，张艺的心也被兴奋和激动充斥着，当他刚听到那个叫晓莉的女人报告这个好消息时，就激动得要命，因为，这是他刚到局里工作不到两个月时，领导派给他的一项比较艰巨的任务，他满怀信心，做出了十二分的努力。翻资料，查档案，搞采访,做调查,字斟句酌,反复推敲,终于在一个月内把这份很容易出纰漏,很容易不完善的史志材料完成到他自己和领导都认为比较满意。而且还获得了一等奖,这是对他多大的认可和鼓励啊,他觉得这是上天对他的眷顾,让他的才能得以淋漓尽致的发挥,让他的价值得以充分圆满的展现。想着想着,他似乎感觉自己已经踏上了那条洒满阳光的通途大道上。

"局长,给我看看那本《年鉴》好吗?"这是张艺从幻想走回现实的第一句话。他多想看看那一个个严正的铅字,多想闻闻那铅字散发出的诱人墨香。

"那完全就是你写的那些,出书之前我看过那个定稿,一点没有变化。"他顿了一下,接着说,"咱们现在还是把下个月那个调研计划再商量一下,然后你就去做准备工作,到时候省里还要对我们的调研成果进行考核,这回又要辛苦你了。你虽然还很年轻,可来了就能挑大梁,局里都夸你能干!"庞局长的话里很是有着对张艺的厚爱和褒奖,那语气让人觉得张艺似乎就是他未来的接班人。

出了局长办公室,张艺依旧沉浸在局长对他的褒奖和器重里,这让他感觉很踏实,可他依然觉得不满足,想亲眼看看那些属于自己的可爱的铅字,想拥有一本凝聚着自己心血的厚厚的《年鉴》。他想,他有资格拥有这本书。于是他一刻没停,赶到了地方志欧阳主任的办公室。

"《年鉴》嘛,可以给你一本,你这么热情跑来要,说明你很喜欢我们的书,可你要知道,这书,我们除了赠给市领导、单位一把手和作者之外,一般是不给别人的。"

"欧阳主任,我叫张艺,就是其中的一个作者!您给我拿本书,我指给您看!"张艺显然有些激动,他要立即证明给欧阳主任自己就是为他们做出一份贡献的作者。

"喏,这里是目录,你找找看,哪个是你?"欧阳觉得这个年轻人有些冒失。

张艺的手有些颤抖,激动人心的时刻就要到了,亲眼看到自己的名字变成铅字的惊喜就要来临了。他迅速找到了他们单位的那部分内容,手顺着内容向后滑,停在了作者栏目,猛然的,他的手抖动了几下,因为他的手碰到的不是他的名字,而是"赵孟颀"三个赫赫的大字!那三个字像三根尖刺一样划疼了他的手,那疼痛从手迅速传遍了全身,那三个字又像三道利光一样刺痛了他的双眼,他不相信这是事实,使劲揉了揉眼睛,可是看到的依然是"赵孟顺"三个字!

"这么严肃的事情,你们怎么可能出现失误呢? 全局上下都知道这材料是我张艺一个人编写的,怎么会搞错?"张艺的言辞有些激烈,他质问着欧阳。

"年轻人,我们可没有权力定谁是作者,文稿从你们单位报过来时,作者的姓名就写在文稿上,是你们局长签字同意的。"

看来,责任不在地方志办公室。

可恶的沽名钓誉、不学无术的赵孟顺!

可憎的道貌岸然、虚伪狡诈的庞德之!

怪不得,几个月前,有人看到平日里一毛不拔的铁公鸡赵孟顺从商店里买了两条中华烟,怪不得局长最近一反常态开始器重以前并不器重的赵孟顺。这一切的一切都让张艺心生厌恶,让他痛恨他们虚伪的嘴脸。一定要去问个清楚!

一路上,张艺将自行车骑得飞快,风在他耳边呼呼作响,他觉得就连风也似乎在嘲笑着他的天真和幼稚,嘲笑着他被别人愚弄和戏耍。

"《年鉴》上的署名是怎么回事?"张艺径自闯进局长办公室。

"坐下来谈,小张。"庞局长亲自为张艺倒了杯水,显得那样泰然自若,显然他已经推想出事情发生的经过了,"你看你刚来,有些事情不是很清楚,编写年鉴材料最容易出问题,署谁的名字谁就要对材料负责任,你还很年轻,又要求进步,如果真的出了什么问题,对你也不太好。"庞局长眨巴着那双小眼,眼睛里似乎对张艺充满了无限的关爱。

"难道您认为我是个不敢负责任的胆小鬼吗? 这就成为让别人剽窃我作品的冠冕堂皇的理由?"张艺是个热血青年,他从来不怕得罪领导,他认为自己应有的权益必须得以维护。"现在,上千本书已经印刷出来了,挽回的可能性不大,但是这件事情必须要在全局大会上得到澄清。"张艺毫不含糊,义正词严。

"这个嘛,小张,你既然这么说,我就把事情跟你明说好了。孟顺在局里干了十几年了,工作也比较踏实,下一步也该进步了,可就是文字功底差点。你嘛,还很年轻,以后机会多的是,你就发扬一下风格,大家毕竟都是一个单位的,互相照应着点总归是不错的,你说呢,小张?"不愧是久经沙场的庞局长,他如此"坦白",此时此刻张艺如果再有什么话说,就未免有些小肚鸡肠了。

回家的路上,张艺有了走出大学校门后事业上的第一次悲哀,才华横溢的他通过考公务员,进了许多人梦寐以求的好单位,这是遵从父母意见的选择,他个人本来是想进一家外企,可是种了一辈子地的父母希望儿子从政,巴望着儿子通过努力奋斗能让自家的祖坟冒出青烟来。满怀一腔热忱,带着父母嘱托,他曾经是那样的踌躇满志,可是美好的一切在现在看来好像都化成了泡影,他的辛勤和努力换来的却是对真诚和付出的无情嘲讽。

几天来,张艺一直有些萎靡不振。局长突然打来电话说要请他吃饭,说在那件事上很对不住他,要正式向他赔礼道歉。他再三拒绝,却没有抵得过局长的盛情。去也好,看看他葫芦里还装着什么药。

张艺赶到餐馆时,庞局长已经入座了,旁边还有一位老者。他认出这位老先生是前任局长,又是现任市委书记的叔叔。

"小张,这是我们德高望重的刘局长。"庞局长特意强调了"德高望重"四个字。

"刘局长,这就是我向您提到的张艺,《年鉴》材料是他编写的,毕竟还年轻,来单位时间短,经验不足,编材料难免会出一点纰漏。"庞局长满脸赔笑,使那本来就很丰腴的脸几乎要变成横肉。"还不赶快赔礼道歉,小张,你不小心把刘局长的任职时间搞错了,材料上的任职时间比刘局长本来的任职时间少了一个月。不过,刘局长大度得很,不会跟你计较,您说呢,刘局长?"

原来,老先生在侄子办公室看到了《年鉴》,发现自己的任职时间不对,找到了庞局长的办公室。庞局长万万没想到这份材料会真的出了问题,更没有想到问题竟然出在书记叔叔身上。然而这种慌乱只在一刹那间从他心里闪过,毕竟他在政坛叱咤风云了将近 20 年。于是,很快就精心策划出张艺向老先生赔礼道歉的一幕。

局长办公室里,只有张艺和庞局长两个人。

"小张,向刘局长赔礼道歉那件事,我是经过反复考虑的,虽然《年鉴》上署的是赵孟顺的名,但事实上毕竟材料是你搞的,我们还是应该实事求是,文责毕竟要自负嘛！到明年，我们还要搞一个大材料，也要出书，到时候，让他们多花一些精力和时间去写，最后定稿的时候我把你的名字也署上，你看怎么样？"

"见你的鬼去吧！"这是那天张艺在局长办公室里说的第一句话，也是最后一句话。

他头也不回地毅然决然离开了这个当初挤破门槛才进来，让他肩负过家庭使命，充满过对于未来无数美好幻想的地方。迎着晨曦，背起行囊，他踏上了开往北京的列车。

戴着镣铐的女人

一

镣铐，锁住了罪恶和无耻，它是可敬的；

镣铐，锁住了善良和崇高，它是可憎的。

一条冰冷沉重的铁链，一把无法打开的巨锁，将她锁在一个幽暗阴晦的角落里。

她叫萍，是我爱人舅舅家的小女儿。

没有人救她，包括她15岁的女儿和十岁的儿子。他们都认为自己的母亲就是一个十恶不赦的罪犯，而父亲将母亲牢牢锁住，是值得称道的英明之举。

没有人救她，包括她年迈的父亲和母亲。他们几乎都和她断绝了来往。女儿曾经让他们操碎了心，费尽了力，但依旧疯疯癫癫，他们以有这样的女儿为莫大的耻辱和伤悲。

没有人救她，包括她所有的兄弟姊妹和远亲近邻。他们讨厌看到她喜怒无常的样子和怪异离奇的举动，懒得和她家走动，几乎将这个微不足道的人遗忘。

她，只能自救。

我一直在推想，手无寸铁的她如何将沉重的镣铐砸开，而后逃之夭夭。链子，足足有一寸粗，两米长，质地良好的铁环，环环相扣，一头锁住屋内的木桩，一头勒进她粗壮的脚腕；我也一直在推想，她是如何凄厉绝望地哭泣和哀号，是如何歇斯底里地挣扎和呼喊，又是如何悲愤交加地抵抗和怒骂。

究竟是什么给予了她无限扩张的能量，使得她能够逃离？那一刻，她真像个勇士！

铁链，在她三天三夜不停捶打挣扎中丧气地断裂了。可还有最后一截链子，连同碗口大的锁，依旧牢牢地套在她的脚踝上。尽管这样，她已经能够自由活动了。因为，她和深陷在地下的木桩脱离了。只需敲碎门窗的玻璃，她便能和禁锢脱离，和封锁脱离。我似乎能够听到，那玻璃的碎响声，当啷当啷地划破夜的寂静；我似乎能够窥见，那漆黑的老宅院里，她穿越着一丛丛杂草蓬蒿的孤独身影。

那是一个月黑风高的夜晚，星星也隐匿了，只听到沙沙的树叶声和狗的狂吠声。她一路狂奔，停在家门口。门是锁着的。她从门缝里朝她孩子的屋里张望着，凝视着，她真想看到女儿或者儿子能从屋里走出来。哪怕抚摸不到他们，看一眼也是好的呀。她静静地等了半个多小时，他们没有一个走出屋门，屋内传出了两个孩子嬉闹、欢笑的声音。听着孩子们的笑声，她也笑了，笑出了眼泪。冷风飕飕地灌进她单薄的衣衫里，冻得她瑟瑟发抖，脚上那双球鞋已经瞪大了圆圆的双眼。还好，她有一头浓密的齐腰长发，凌乱地披散开来，像一条破旧的披肩，可以为她遮挡一点风寒。

不能再等了，丈夫就要从镇上的工地回来了，如果发现了她，她就跑不成了。她深情地抚摸着门框、门拴，因为那里都曾经留下过儿女的手指印痕，抚摸着它们，就像牵住了他们的小手。可是几年来，她在他们身边的时候，却只能在他们入睡后，偷偷地牵着他们的手。谁让她是个神经病呢，连儿女们都烦她了。

一步一回头，一步一回头，她泪水涟涟地离开了。

夜，无限地在她眼前延伸着，没有尽头。可她并不惧怕这漫无边际的、沉寂的黑夜。她更害怕那个荒凉的老院子，那个不见天日的黑屋，和那条长长的铁链。只要能逃离,她便无所畏惧。即使在黑夜中行走,她脚底也能生风。她知道,朝着那个方向走,就能看到长夜过后的黎明,就能触摸到冰冷过后的温暖。

二

萍失踪了。这一次,是真的失踪了。

在她患精神病的 20 年里,已经失踪过无数次。她的父母,曾经为了寻她,跨过一山又一山,越过一岭又一岭,不知度过了多少个担惊受怕的夜晚。可是,找着,找着,他们就累了。如今,他们 70 多岁了,再也找不动了。

"作孽呀,我们生了个这么不孝的女儿!由她去吧,不找了!"一提起萍,他们就老泪纵横。

我的婆婆是萍的姑姑。听婆婆讲,萍年轻时,长得很标致。脸颊粉嫩,眉目清秀。尤其那一头乌黑的秀发,像瀑布一样垂在肩上,吸引了多少村里村外的少年。她可不是个绣花枕头。她长得结实,体力也好,做农活,是把好手。浇水,犁地,挑肥,收麦,样样做得利利索索、妥妥当当。她爱笑,一天到晚,种地也是笑着,洗衣也是笑着,走路也是笑着。

可是,有一天,她的笑容消失了,终日愁眉不展,唉声叹气。原来,她爱上的男孩要去当兵了,她害怕他一走就杳无音信。果然,在漫长的等待中,爱情之花枯萎了。

几年后,那个男孩娶了媳妇,她的精神便彻底崩溃了。

她太痴迷于爱情,痴迷到把爱情当成了生命的全部。因此,当爱情支柱断裂时,她的精神堡垒就会轰然倒塌。这,正是她所有不幸的根源。

爹娘拿出所有积蓄,将她送进了省城的精神病院。

她病情好转后,嫁到外县的一个村子,需经常吃药才能维持正常。她瞒着婆家人,偷偷吃药。她不敢让他们知道,自己曾经是个精神病患者,更不能让他们知道,是因为爱着另一个男人,患了精神病。

婆家人很喜欢这个既漂亮又能干的儿媳妇。她又很争气，为他们家生了一儿一女。全家上下，欢欢喜喜。

萍过了几年美好的幸福时光。她脸上又恢复了往常的笑容。看来，幸福真的胜过良药。

没想到，有一天，萍突然犯病了。导火索是她看到她男人跟邻居家年轻的小姑娘多搭讪了几句。她便开始疑神疑鬼，又哭又骂："男人没一个好东西！"

男人只骂了句："神经病！"

自此后，萍便再也不记得吃药了，又开始神志不清，疯疯傻傻，说一些无根无据的话，做一些让人啼笑皆非的事。婆家人觉得蹊跷，就开始打听，终于知道了萍的过去。那家人，对萍简直恨之入骨。丈夫更觉受了愚弄，要求离婚。萍的爹娘亲自上门赔罪、求情："萍只要吃药，病肯定能好！千万别断了孩子的生路！"

他们没有离婚。可事实上，她的病情不断加重。一个患有精神病的人，极其脆弱，需要被理解、被呵护。而她在婆家，终日饱受着冷嘲热讽和打骂恐吓。她就像个罪人一样活着。在丈夫面前，她变成了永远的罪人和骗子。这一切，似乎根本无法挽回。婆家人再也没给过她好脸色，就连她的钱，也全部被没收。

此后，萍的生活关键词，便是吵闹、打架、发疯、出逃。

逃跑后，几乎每次都是娘家人将她找回，婆家从来没有找过她。而她每次出逃的方向，也大致是我婆婆家。

可这一次，萍逃走半个多月了，却没有任何音信。看来，她恐怕真的失踪了。

三

萍的婆家不得不把她出走的事情告诉舅父舅母，可舅父舅母却无动于衷。

我始终无法相信和理解舅父舅母后来对萍的冷漠和无情。他们先前那样疼爱女儿，可多年后，却将女儿放弃了，是件多么不可思议的事情，这可是他们的亲生女儿！

如果他们不再关爱她,还会有谁爱她?难道至爱的亲情在世俗的考验中,也可以渐渐变得麻木?

对于她婆家人的无理和恶毒,我更是气愤。得知萍被虐待而后逃跑的消息,我非要找他们说理,却被爱人拦住了。"先打个电话问问吧,你这个急脾气,去了,指不定会闹什么乱子!跟有些人,是没办法说理的!"

"她是个人,不是任人宰割的牲畜!他们怎么会用如此恶劣的手段,去对待这样一个受过刺激的精神病患者,这样不是雪上加霜吗?不是会把她逼得更加疯狂吗?"

"对待这样的疯女人,还能用啥办法!俺家真是倒了八辈子霉,摊上这么个疯子,丢尽脸了!她在俺姐家孩子的婚宴上,大吵大闹,还掀翻了桌子,让来喝喜酒的人都看了笑话!"萍的丈夫在电话那头简直暴跳如雷。

原来,萍大闹了她大姑子家儿子的婚宴。她大姑子家在邻村,儿子结婚的事情没敢告诉萍,怕她在婚宴上丢丑,一家老小都瞒着她去参加了婚宴。萍对于他们来说,是个多余的人。

可是,偏偏村里有好事的人,"萍啊,你家大姑子的小子不是今天娶媳妇儿吗?你咋没去?他们没给你说啊?"那女人说完,噗嗤一声笑了起来。萍的脸一下子就憋红了。他们全没把自己当成家里人!怪不得早晨时,他们一个个鬼鬼祟祟地出了门。

萍觉得自己受到了莫大的羞辱。她要用行动证明自己的存在,却招致了毒打和禁闭。

大闹婚宴之前,萍刚刚闯下一场祸。儿子放学后,被几个同学围住,挨了打,还被耻笑是精神病的儿子。儿子委屈地哭着回去了。萍拿着棒子,找到那几个孩子家里,张牙舞爪地嚷着要教训他们,还打伤了其中一个孩子的家长,"这帮混蛋,都是你们教的,没一个好东西!再敢欺负俺孩子,就扒了你们的皮!"萍气得把木棒在地上杵得笃笃响。

残局当然由她丈夫收拾。给人家说尽了好话,又赔偿了医疗费。

而结果,不外乎以"大暴"制"小暴",以"强牙"还"弱牙"。萍会遭到什么样的惩罚,可想而知。

在他们全家看来,让萍自由着,就等于了禁锢了他们;让萍自由着,就等于折磨着他们。

萍,终于遭受了非人的待遇。

如今,她消失得无影无踪,他们总算耳根清净了。舅父舅母呢,没有女儿的烦扰,他们也觉得清静了吗?

我的心被揪得生疼。夜晚,久久不能入眠。萍会去哪里? 她会去寻短见吗? 她在家里找不到温暖,该不会产生厌世心理吧? 一想到这些,我就胆战心惊,毛骨悚然。不,不会的。她那么爱她的孩子们,怎么会舍得他们? 对孩子的爱,是她活下去的最大的信念和理由。

她一个人在外,实在太危险了。如果两天后,还是没有她的消息,就必须去报案了。无论如何,天亮后,得继续四处找萍。

四

她垂着头,蜷缩在我婆婆家小院子的角落里,怎么也不肯进屋。一只流浪猫,终于暂时找到了归宿。却因为遭受了太多打击,变得胆小而惊悸。

她的身体被浓重的夜色包裹着,我看不清她的脸颊,她的表情。但,我感觉得到,她浑身在发抖,在战栗。她把头深深地埋在胸前,散乱的长发一绺一绺地盖在脸上,随着她的喘息而微微起伏着,颤动着。她低垂着眼睛,不敢看我们。

我拉她到屋里休息,她却不动,便给她披了件衣服,守在她身旁。婆婆也劝不了她,就到厨房给她做饭去了。

总算好好地回来了。谢天谢地,我们都在心里感谢上苍的保佑。其实,最该感谢的是那个纺纱厂的女老板,是她收留了萍。这几天,如果没有她的悉心照料,萍真不知又会流浪到什么地方,不知会受多少苦。

我婆婆接到电话,就赶忙从纺纱厂把她接回了家。老板起初把电话打给了舅父,舅父跟两个表哥去接她,她死活不肯跟他们走。半年前,萍两口子打了架,投奔过娘家,却被舅父赶了出来,"不好好吃药,不好好过日子,俺们没你这个闺女!"或许,萍依旧记得他父亲当时说过的话。

舅父实在没办法,就让我婆婆接萍回家。他们知道,萍现在只听我婆婆的话。

女老板说,前几天,她在工厂门口发现了萍。她躺在地上,浑身是泥土,脸上还有伤痕。问她话,只说自己想打工,想挣钱,其他事情,只字不提。老板看她可怜,就收留了她,答应让她在厂子里上班。第二天,老板就发现她的精神有问题。她总自言自语一句话,"善有善报,恶有恶报!"反反复复,没完没了,目光里充满了仇恨。老板为她擦脸上的伤口,问是谁打的,她回答,"恶人!",然后就哈哈大笑,"恶人总会有恶报!"问她家里的情况,她只是摇头,哭着说,"求求你,千万别赶俺走!俺想挣钱,想在你这儿打工,留下俺吧!"老板同情这个可怜的女人,就答应了。可是,每天等到开工的时候,她却还在睡觉,一起床,太阳就出来老高了,"对不起,俺总犯困,明天保准能起得早!"老板只是笑笑,每天任凭她睡大觉,不忍叫醒她。老板看得出,这是个苦命的女人。

老板虽然同情她,但不能让她久留。留下一个精神不正常的人,真要出了什么事,是要负责任的。她多方打听,联系到了萍的父母。

可是,萍看见他们就躲开了。他们只好让我婆婆去接。而当时,我们一家也正为四处寻不到萍而焦虑。没想到,居然有了她的消息。

萍乖乖地跟我婆婆上了车。

和往常不同,这次,到了家里,面对我们所有人的关切和问候,她变得拘谨了,自卑了。进了门,她就蜷缩在院子的角落里。

我和婆婆硬把她拽起来,扶到屋里。

"当啷"一声,不知是什么绊了一下门槛。我向下看去,萍正迈开步的脚踝上,似乎带着个什么东西,被她的裤子挡住了,看不清。我将起她的裤子,全家人都惊呆了。

一截带着大锁的粗铁链子，紧紧勒住她的脚踝，嵌进了肉里，血淤积在一起，成了青紫色，周围的皮肤早被链子蹭掉了，露着肉。伤口由于没有及时得到清洗和包扎，已经发炎了，肿起老高，流着脓水。我掀开她的上衣，她背上、胳膊上，都是伤。她的眼圈，被拳头打成了乌青色。怪不得，她不敢抬头。我和婆婆泪流满面，不忍再看下去。萍出走后，我们从她婆家那里只了解到，她是被关进老宅院里逃走的，却不知道，她还被如此残忍地锁着。

爱人找来了锯条，将锁锯断，取下链子。我和婆婆帮她清理伤口，抹上药水。一道又一道伤口，犹如毒蛇一般，肆虐着，咬在她身上。我不知道，这些天她是怎么熬过来的。为什么她不跟纺纱厂老板说明情况，让她帮着把锁取下来？为什么一进家门，她沮丧万分，不肯进屋，是怕我们看到她脚上的链子和身上的伤痕吗？

她是人。她需要被承认是个人。因此，在遭受了非人的折磨后，她会多么自卑。她想要尊严，但是，没有了。没有了尊严，就失去了做人的意义。

五

说不上，这是萍第几次来我家住了。这些年，她一不高兴，就会直奔我家。这里，是唯一能给她快乐的地方。也说不准，她会什么时候来。无论是清晨还是深夜，这里的门，经常向她敞开。

她在我家的表现，也从来都不像个患有精神病的人。往常，来到我家，她每天都会高兴地唱着歌儿，和我儿子一起看动画片，打扑克，扫院子，帮着做饭，性情开朗而温和。

这些表现，和她在婆家的异常疯狂的举动相比，是多么的大相径庭！我常常在想，人为的环境真的可以改造一个人。在侮辱和耻笑中，一个人会变得自卑又邪恶；而在关爱和鼓励中，一个人就能变得阳光又善良。同样是萍，展现的却是两个不同的自我。

这一次,她的精神明显不如往常了。没有了笑容,没有了歌声,没有了言语,眼神也变得呆滞了许多。她的头发,虽然还是那么长,却完全失去了光泽,黑发里夹杂着许多白发,像一蓬乱草。她再也不细心地照着镜子,整理她的头发了;再也没心思问我那一头时尚的卷发是从哪家美发店烫的,得多少钱;再也不计算着,自己手中偷偷攒下的钱,还差多少,就能买下那条心仪已久的120元的连衣裙。

我早就答应她,如果她能坚持每天吃药,把身体保养得好好的,就带她去烫发,去买连衣裙。可我的诺言还没有实现,她就变成现在这样邋遢和沮丧的样子了。

我内心不免一阵凄凉。同样是人,为什么有的人天生就雍容、尊贵,穿名牌、戴金银,坐洋车,被人前簇后拥?为什么有的人就活得这样低下、卑微,像草芥,如尘土,任人践踏,遭人鄙视?

不能让她男人逍遥法外! 他对萍使用家庭暴力和囚禁,不但对萍造成严重的精神伤害,还构成了违法行为。

我想为萍请律师,告她男人! 可是,被家人拦住了。"没有用,告他,他还会报复到萍身上。再说,孩子谁来管? 到头来,吃苦的还是萍! "

现在,唯一的办法就是给萍治病。

每天,我婆婆都会催她吃药,可她却说自己没病。

"听话! 吃了药,才会有精神,才能打工挣钱。我也有病,我就听医生的话! "说着,婆婆吃掉了平时她自己常吃的药,给萍做了榜样。

萍乖乖地吃了药。就这样,每天,婆婆哄着她把药按时吃进嘴里。她的精神渐渐好了起来。

其实,萍老是犯病,跟她拒绝吃药也有关系。每次,在我家,婆婆照顾着她吃药。可在她家里,没人管她。

婆婆打电话给萍的男人:"萍只要吃药就能维持正常,她回去后,你每天哄着她吃药,你们一家人好好过日子,多好呀! "

"我让她吃药,她不吃,只有打她,她才听话! "他对萍唯一的手段,就是打骂。萍

孤单的花朵

犯了病，就挨打，越挨打，越发疯……

六

萍住在我婆婆家，有十几天了。每天，她都思念着儿女，夜里，连做梦的时候，都在轻轻唤着他们的名字。

可是，他们并不想念她。

我曾打电话给她的女儿，让她带弟弟来看妈妈。可她说，他们讨厌妈妈！上天对他们不公平，别人都有正常的妈妈，可他们却有一个那样的妈妈。她受够了家里整日的吵吵闹闹，受够了别人的白眼和嘲讽。

我告诉她，妈妈是多么爱他们，以后，只要他们都对妈妈好，妈妈的病就会好起来，一家人就能过上幸福的日子。

我开车将他们从乡下接了过来。萍看见他们，脸上终于绽放出难得的笑容。这双儿女是她活下来的最大的支柱和动力。

"妮子，你们这些天过得咋样？打工累不？老板对你好吗？每天都给弟弟做饭吧？咱家的玉米都囤起来了没？"萍拉着孩子们的手，问长问短，一脸的关切和怜爱。她把孩子们紧紧抱在怀里，生怕孩子们突然从眼前消失。

可孩子们，除了点头应付，别无言语。一脸冷漠。

"我去市场上买双鞋！"女儿从萍怀里站起来。

"妈跟你一起去吧，让妈帮你挑！"总算找到和女儿一起出门的机会了，萍无限欣喜。

"我不想去了！下午再说吧。"女儿真后悔跟母亲说自己要出门。她不喜欢母亲跟着。

萍低下头，怏怏的，不再言语。

她自己出门了。回来后，给孩子们每人买了件衣服。她把衣服亲手给孩子们穿上："瞧瞧，多漂亮！"

"这衣服不好看，太土气！"女儿撅着嘴。

"挺好的,你看,粉色多好看,妈年轻时都没穿过这么鲜艳的衣服!"说着,萍蹲下身子,给闺女把拉链儿拉上,用牙轻轻咬掉袖口儿上的一根小线头。

我在一边,忍不住掉下了眼泪,她女儿却无动于衷。

冷漠,真可怕!看上去令人心寒。一个把他们含辛茹苦抚养大的母亲,因为精神不正常,而被他们厌弃和排斥着。或许,在家里,他们听到看到太多有关母亲的"罪行";或许,在外面,他们遭受了太多的鄙视。所有这些,在他们脆弱的不成熟的内心里,留下了不可磨灭的阴影和伤痕。他们就只好迁怒于母亲了。

可萍依然一脸的微笑,只要能跟孩子们在一起,她就是开心的。虽然付出的是没有回报的爱,但她也觉得幸福。

他们该回家了。这里,毕竟不是归宿。

临别时,我塞给她 200 元钱。她不肯收下。她告诉我,她有体力,能打工。在漫长的求职历程中,她被一个又一个老板拒之门外。可她内心,依旧充满了希望。虽然,在我们看来,那希望是如此的渺茫和可笑。

如今,送走萍已经半年多了,后来她一直没来过。通常,我们会打电话过去,了解她的情况。最近,有段时间没联系了,我不知道,她现在过得怎么样。或许,已经渐渐安定下来。或许,还是老样子。

孤单的花朵

用文字抵达心灵深处
（代后记）

　　散文，是一种与心灵靠的最近的文体。最初，是一种强烈的表达欲望促使我拿起了笔，去抒写心中的幸福、苦涩和感动，也正是这种偶然性成就了我对散文的热爱，每写成一篇，无论好坏，我都像珍爱自己的孩子一样珍爱它。渐渐地，我们便难以割舍。散文写作成了我安抚孤独灵魂、提升自我价值的重要途径。

　　写散文两年来，有收获、喜悦，也有迷惘和困惑。常常感慨自己的阅历贫乏，缺少写作素材。从小到大，没有经过大风大浪，没有饱尝过艰辛苦难。生活体验的缺乏使得我最初的写作题材较为狭窄。后来，在写作的学习与实践中，我渐渐懂得，目之及处，感官之及处，无不潜藏着丰厚的写作素材。同是一物，因观者不同，可能气韵生动，也可能呆板如泥，更可能一无是处。如果体察的心灵不够深，就会无任何发现。反之，如果内心足够美，足够坚韧，足够荡漾开心波，足够有放任的情操，那么眼前的万事万物便会鲜活起来，那里面便能包含美丑、善恶、刚健、质朴、理性之光和感性体验。

　　写作，需要情感丰富，需要用独到的眼光和视角去审视世间万物，用绵密细致的心思揣摩生灵之间的关联与相通，从而领悟到生活的内涵和真谛。这样，一朵花、一根草、一泓清泉、一个瞬间的感动便能入文，在笔下摇曳生姿。散文《女人如花》，在描写各色流光溢彩的牡丹时特写了一株白牡丹，"五、六朵莹白如冰雪的花朵缀在绿色的枝头，迎着风轻轻摇曳，飘逸灵动。她不着华衣，却气质高雅；她不施粉黛，却千娇百媚；她无心争宠，却引人爱怜；她不卑不亢，却风情万种。她遗世独立，却不孤芳自赏；她素雅清新，却不小家碧玉；她满腹经纶，却不呆板冷硬；她闲适从容，却不慵懒怠惰。这是怎样一种花，又是怎样一种女人！"就这样，将气韵生动的白牡丹与气质卓绝的女人关联在了一起。"花儿总会凋零，女人也会衰老。徒有其表、浅薄浮华的女人只会得一时之乐；内外兼修、品位高雅的女人才能经得起时间的考验，才能真正成为散发着恒久魅力的女人，如同历久弥香的白牡丹。"这篇文章看似写花，实则写自己眼中当代女性应具备的内在精神和气质，是女性价值观和社会观的标榜和树立。

同样，在《我的大海情结》、《爱无界限》、《花儿也害怕孤单》、《梦里水乡》等篇目中，也尽量用心体察万物，抒发着生活的情趣和感悟。

然而，不久以后，我开始用挑剔的目光审视自己初期的作品了。在我看来，那些作品多是借景或借物抒情的小文章，表达的也仅是一些小情趣、小哲理和小感想，缺乏厚重、质地和给读者带来的长久思索和震撼，和文学的内涵相去甚远。我懂得，真正的文学需要担当社会责任，需要直面现实、关照人生、关注社会，甚至需要反抗和批判，需要写作者用自己的灵魂抵达生命深处去追寻和探索，努力地呼唤人的尊严和自由平等意识。这才是文学的价值所在。从去年开始，我尝试着改变了自己的写作风格，用更多的笔墨抒写了对底层的关照、对人性的描摹和对生存痛感的思索，如《散落在雪夜的母爱》、《化不成云烟的家国往事》、《逃》等，尽管还不太成熟，但表明了我的转身和脱变。可以说，《散落在雪夜的母爱》是我比较满意的一篇，可以称得上是近期的代表作，赢得了广泛好评。（文章发表后很快被《青年文摘》、《特别关注》、《情感读本》等刊物和多家文学网站转载，获得国家和省级数个奖项，并入选《2009 年中国时文精选》《最受欢迎的名家亲情美文排行榜》《感悟父爱感悟母爱全集》等选本。）在这篇文章中，我把目光投向了最底层，饱含着浓郁的人文关怀，用较富感染力的叙事和描写，刻画了一个精神失常却始终未泯灭母性知觉的老乞丐形象，彰显了母爱的伟大。文章设置了最能打动人心、感人肺腑的"老乞丐深情抱起迷路小女孩"一幕，以及两次被夺走

"孩子"，最终走向凄凉死亡之路的情节，使人的灵魂为之震颤，以悲情的力量感染人，召唤人更为清醒地理解母爱、回报母爱。同时，文章对人性的丑陋进行了无情的揭露和批判，将善恶美丑进行了强烈对比，使人的心灵为之一震。"或许她对小女孩的爱完全出自一个女性、一个母亲潜在的爱的本能。天下的母亲都是一样的，无论她是贫穷的还是富有的，无论她是健康的还是病痛的，无论她是幸福的还是不幸的，她们都会发自本能地散发出母性的光辉，让人感受到暖暖的爱流。"就这样，以个体母爱的生命体验为情感起点，并且超越个体母爱中的有限必然，由此及彼，推而广之，呈现了对社会现实中母爱的整体存在价值的一定思考，赋予了较为丰富的精神内涵。因此，这篇母爱散文具有较强烈的打动人心的情感因素和较为深刻的现实意义。

之后的作品，《信任》通过贫家女交学费的一幕，折射出底层人民生活的艰辛，表现出浓郁的亲情和师生情；《化不成云烟的家国往事》《抵达生命的彼岸》将家与国融合在一起，放置在较为广阔的时代背景之下，讴歌了人性之美和伟大的民族之魂，同时也揭示了战争的残酷性；《带着镣铐的女人》通过疯表姐的悲惨命运，写出了人性的善恶美丑；《紫藤花开》同样也写花，但融进了生活的艰辛与磨砺，多了一丝生命的沧桑感；《双桥》则展现了较为丰富的联想力，将爱情、亲情和友情元素有机结合，由双桥引发了对人的生命内核的思考与探索。我个人认为，这些文章在思想性、艺术性方面尽管依然存在这样那样的不足，但相比早期的散文，稍微大气了些。

今后，要努力让自己的散文写得更具生命力。我始终认为，散文的生命力在于它的独特性。散文创作是一种侧重于表达内心体验和抒发内心情感的文学样式，只有把个性化的鲜活生活呈现在读者面前，读者的眼睛才会发亮。这些个性化的鲜活生活是在天地和人生的大背景下的内心痛感和欢乐，是人人感觉得到，却人人忽视或是无法表达的感受。每个个体生命都是独一无二的，个体生命所体验到的生命形态，也是最丰富最复杂的，因此把自己所体验到的独特感受记录在笔端，它就是具有无限魅力的文学景观。

当我把一道道独特的文学景观呈现在读者面前的时候，感觉是幸福的。文学已成为照亮我生命的一盏灯，它与我跳跃着的灵魂贴得那样近，让我渐渐摆脱了麻木和庸俗,多了一份悲悯,多了一份责任。

　　"忧郁的心啊,你为何不肯安息,是什么刺得你双脚流血地奔逃……你究竟期待着什么?"(尼采语),我知道,这条道路洒满了阳光,也布满了艰辛,自己是写作新手,更需加倍努力。我会始终怀着一颗期待之心,紧握手中的笔,记录下生活的欢欣和疼痛,争取让每一个文字都饱蘸着生命的色彩和温度,进入读者的心坎,渴望着敲打出共鸣的回声。

2011 年 5 月 20 日

孤单的花朵